完全なる首長竜の日

乾 緑郎

完全なる首長竜の日

1

昔は、イジュという樹《き》の皮をすり潰して使っていた。

でも今は、青酸カリを使う。

その方が手間が掛からないからだと、晴彦《はるひこ》伯父さんは言っていた。

晴彦伯父さんというのは、私の祖母の兄に当たる人だ。だから、本当は大伯父さんと言うべき人なのだろうが、私はそう呼んでいた。

あまり記憶が定かではないのだが、私がその「島」に行ったのは、四、五歳の頃と、小学校の二、三年生くらいの頃の二回だけだと思う。一度目はフェリーだった。その時には、まだ島には空港がなかった。二度目の時には、鹿児島の空港から、ほんの百人乗りばかりのプロペラ機に乗ってその島に降り立った。

島の空港は、滑走路が一本ある他は、事務室と待合室を兼ねた、プレハブ小屋同然の小さな建物がぽつんと建っているだけだった。両親が荷物の受け取りやら何やらの手続きをしている間、私は弟と二人、ぼんやりと天井で回っている大きな扇風機を眺めていた。

島に二台しかないタクシーのうちの一台を空港まで呼び出し、それに乗って十分ほど走ると、私たちは《猫家》に着いた。

《猫家》は、「みゃんか」と読む。

島には同じ姓の人が多く、どこの家の者か区別するために付けた屋号だった。晴彦伯父さんは、島の人たちや親戚からは、本名の和《かず》晴彦ではなく《猫家の晴彦》と呼ばれていた。そういう意味では、私もたぶん、和淳美《あつみ》ではなく《猫家の淳美》で、弟は《猫家の浩市《こういち》》ということになるのだろう。

猫家という屋号の由来は、一族が皆、猫に似た顔をしているからだとか、家の中で何十匹も猫を飼っていたからだとか、そういう理由ではなく、猫が住むような小さな家に住んでいるから、という意味であるらしい。我が家系は、島でもとびきり貧乏な小作人の家だったようだ。

だがまあ、それは昔々の話で、私が行った頃の猫家は、古い木造の母屋と、新しく建てた平屋の文化住宅が並ぶ、なかなかの広さの家だった。

台風対策のため、猫家の周りには、道に沿って大人の背丈ほどの高さで石垣が十数メートルにも亘《わた》って厚く積まれていた。

濡《ぬ》れた苔《こけ》で覆われた石垣の隙間からは、羊歯《しだ》の葉が顔を覗《のぞ》かせていた。朝のうちや夕方頃に、この石垣の辺りを通ると、ちょろちょろと走る家守《ヤモリ》の姿をよく見かけた。猫家へは、その石垣が途切れた狭い隙間から入って行く。ゆるやかに下へと伸びる石段は、猫家の建物と庭に繋《つな》がっている。

蘇鉄《そてつ》や阿檀《あだん》、羊歯などの南国の草木に挟まれた薄暗い通路には、黄色と黒の縞《しま》模様をした大きな女郎蜘蛛《ぐも》が、何匹も巣を張っていた。

母は最初、これをひどく気持ち悪がって、この石垣の間の道を歩く時は、必ず誰かを前に立たせて歩いた。

私も、東京では見たこともないような大きな蜘蛛に、最初のうちは驚いたり怖がったりしていたが、あまりに頻繁に見かけるのと、見た目の毒々しさに比べて大人しく、実際には害もないということを知ると、すっかり慣れてしまった。

石段を下りたところは広い庭になっており、山羊《やぎ》や鶏が放し飼いになっていた。

正面には赤瓦葺《かわらぶ》きの古い木造の母屋が、右手には後から建てた平屋の文化住宅が、左手には晴彦伯父さんが仕事で使う農具や、趣味の夜釣りに使う道具が収められているトタン屋根の納屋があって、その傍らには大きなガジュマルの木が生えていた。家の裏側は防風林になっていた。

その島には、砂浜がなかった。

外海に面した殆《ほとん》どの場所が切り立った崖になっていて、直接、海に下りて行ける場所も、全て岩に囲まれたサンゴ礁の磯浜《いそはま》だった。沖縄や奄美《あまみ》諸島の他の島のように、観光地化が進まなかった一番大きな理由が、この「目の前に南国の青い海が広がっているのに泳ぐ場所がない」という歯痒《はがゆ》い環境のせいだった。竹下《たけした》内閣の頃、ふるさと創生でもらった一億円で、鹿児島かどこかから大量に砂を運び込んで人工ビーチをつくったことがあるらしいが、運び込んだ砂は、たった二回の台風で殆どが流れてしまい、せっかくのビーチは計画に使った金とともに、文字どおり水の泡になったと聞いた。

島を訪れた時、晴彦伯父さんは、私たち家族が退屈しないようにと釣りに誘ってくれた。子供が安全に泳げる場所がないから、遊びといったら釣りくらいしかなかったのだ。

晴彦伯父さんは、釣りの名人だった。特に夜釣りが好きで、何十年もの間、毎日のように同じ磯の同じ岩で釣りをしていたせいで、その岩に晴彦岩という通称がついたというくらいだった。晴彦伯父さんは、私や弟に釣りを教えてくれようとしたが、私は女の子だったし、弟の浩市はまだ四、五歳で、とても磯釣りは無理だったから、結局、引き潮の時に出来た磯の潮だまりで魚を捕って遊ぶことになった。

その時に、魚毒として使ったのが、何百倍にも薄めた青酸カリだった。

遠浅の磯浜は、潮が引くとサンゴ礁が現れ、大小いくつもの潮だまりが出来た。小さいものはお風呂の浴槽くらい、大きいものはちょっとしたプールほどの大きさがあり、光の加減で、遠くから見ると、どういうわけか水面がモスグリーンに染まって輝いて見えた。

潮だまりに魚毒を流し込んで五分ほど待つと、やがて水面が騒がしくなってきて、小魚が飛び跳ね始める。さらに待つと、大きな魚も岩の間から出てきて、やがて魚たちはすっかり弱って水に浮いてくる。

子供たちは、それを網ですくったり銛《もり》で突いたりして遊ぶのだ。

私も浩市も、夢中になって魚を捕まえた。

コバルト色をしたスズメダイ。光沢のある赤色と緑色の斑《まだら》模様をしたベラ。真っ赤な色をしたアカミーバイ。そして、名も知らぬ鮮やかな南国の魚たち。

魚毒を流した潮だまりには、目印に赤い布を括《くく》り付けた竹竿《たけざお》を立てておく決まりがあった。流し込む青酸カリは、ごく微量だったが、猛毒は猛毒なので、この場所は危険だぞ、という意味で立てる習慣になったらしい。

満ち潮になって磯浜が海の水で満たされると、竹竿は自然に倒れて沖に流されて行く。

弟は……浩市は、その赤い布がついた竹竿が欲しくて、手を伸ばしたのだと思う。倒れて波間に漂っている竹竿を追いかけて磯浜を歩いて行き、海に落ちた。自然のままの磯浜が途切れ、急に深くなっているところがあるのだ。

磯の裂け目に落ちた浩市に向かって、白く泡立つ波が押し寄せる。

小さな浩市は、波に翻弄されるように一瞬、体を浮かせると、そのまま一気に引き波ごと沖へとさらわれそうになった。

近くにいた私は、咄嗟《とっさ》に手を伸ばして浩市の手を握った。

でも、波の力は強くて、私も一緒に流されそうになった。

私と弟は、波に洗われて泣き叫びながら、ずっと強く手を握り合っていた。

いち早く異変に気づき、私を助けてくれたのは、お母さんだった。

お父さんは弟を助けようとして海に飛び込み、大事にしていた黒縁の眼鏡を海の中に落としてなくしてしまった。

大人たちに助けられた後、ふと見た海の向こう側に、赤い布が流れて行くのが見えた。

ひどく澄み切ったコバルトブルーの海に、赤色が映えている光景は、何だか夢の中の風景のようだった。

私はたくさん飲んだ海水を吐き出し、大人たちが叫んだり怒鳴り合ったりしているのを、ぼんやりと聞いていた。

それが、あの島に関する私の記憶の一部だ。

東京に帰ってからすぐ、私の両親は離婚し、私は母と二人で暮らすことになった。

母は島を避けるようになり、それ以来、とうとう一度も島に帰ることはなく、私が二十四歳の時に他界した。

晴彦伯父さんが、その後、どうしているのかも私は知らない。

そして、あの時、握りしめていた弟の小さな手の感触は、今でも私の手の中に残っている。

微睡《まどろみ》から私を呼び戻したのは、寝室に備え付けのインターフォンの音だった。

私は薄く瞼《まぶた》を開き、壁に掛けられたデジタル時計の表示を見た。

もう正午を回っている。

ベッドから起き上がると、私は壁掛けのインターフォンを手に取った。

「先生、仕上げ終わりました」

真希《まき》ちゃんの声が聞こえた。

「今、降りていくからちょっと待っていて」

「それから、沢野《さわの》さん来ていますけど」

「ああそう。うん。わかった」

私はインターフォンの受話器を壁に掛けて戻した。

何だかとても疲れていたし、気分もぼんやりしていた。

ベッドの縁に腰掛け、じっくりと十分ほどかけて、頭が冴《さ》えてくるのを待つ。

寝室の出窓に掛けられた遮光カーテンの合わせ目から、強い日射しが入り込んできている。外は良い天気のようだ。

私はぐしゃぐしゃになった髪の毛を手櫛《てぐし》で梳《と》くと、サイドテーブルの上にあるキャスターの箱に手を伸ばした。

一本取り出して口にくわえ、百円ライターで火をつける。煙を深く肺にまで吸い込み、鼻から吐き出すと、起き抜けの一本なので頭がくらくらした。

三口吸っただけで灰皿の底に押し付けて揉《も》み消し、立ち上がって寝室を出た。

洗面所で顔を洗い、着替えをすませて階下の仕事場に降りると、沢野が四つあるアシスタント用の机の一つに座り、新聞を広げていた。

私の仕事は漫画家だ。

自宅の一階が半地下になっていて、そこを仕事場にしている。

外のドライエリアに面した壁は、一面が透明なガラスブロックで施工されていた。ガラスブロックが淡いブルーに色づいているせいで、午前中の眩《まぶ》しい光がそれを通して部屋の中に入ってくると、何だか水底にでもいるような気分になった。

仕事場の隅にあるエスプレッソマシーンが、大きな音を立てて白い水蒸気を噴き上げている。

その傍らに、仕事用のエプロンとアームカバーを着けた真希ちゃんが立っていた。

「あ、先生、お早うございます」

仕事場に入ってきた私に気付き、真希ちゃんが言った。

私は奥の方にある自分の机に向かった。L字型にアールのかかった、厚いガラス板の机の上に、仕上げの終わった原稿が、きちんと角を揃《そろ》えて置いてある。

椅子に腰掛けると、私は原稿のチェックを始めた。

真希ちゃんの仕事ぶりは相変わらず丁寧だった。しかも早い。

トーンワークはお見事のひと言だった。正直、私が自分で貼《は》ってもこうはいかないだろう。彼女が私の仕事場に専属でアシスタントに入るようになってから、格段に原稿の仕上がりが良くなった。

出来上がったエスプレッソを小さなカップに入れると、真希ちゃんは自分の机と沢野が座っている机に置き、それから私の机の上にも置いた。

作画の仕事が出来る上に、こういう気配りも備えている子は、なかなか貴重だった。

「沢野くん」

原稿のチェックを続けながら私は言った。

「はい」

沢野は読んでいた新聞を畳み、エスプレッソのカップに息を吹きかけているところだった。

「いつ来たの」

「えーと、一時間くらい前ですかね」

「何かのついで?」

「いいえ」

私は沢野の方を見た。もう三十路《みそじ》は過ぎている筈《はず》だが、ずいぶんと童顔で、まるで大学生のようにつるつるの顔をしている。二十代前半の真希ちゃんの方が、ずっと大人びて見えるくらいだ。

「じゃあ、わざわざ原稿だけ受け取りに来たの」

「そうですけど、いけませんか」

「今どきいないわよ、そんな編集者」

私がデビューした二十年ほど前ならいざ知らず、今は漫画雑誌の編集者も、きっちりと土日は休むし、無駄な残業や泊まり込みはしない。

締め切りまで時間に余裕のある原稿を、わざわざ自分で取りに来る編集者も、今となっては稀《まれ》だ。普通は編集部のアルバイトに取りに来させるか、バイク便を使う。新人なら作家が自分で出版社まで届けに行く。

「でも、今日の昼過ぎには仕上がるって、先生、昨日の電話で言ってたじゃないですか」

エスプレッソを口に運びながら、飄々《ひょうひょう》とした口調で沢野が言う。

「私が嘘《うそ》ついてたらどうするのよ。無駄足になるところよ」

「嘘ついてるかどうかくらい、声色でわかりますよ」

「言うわね」

私は苦笑した。

「それにまあ、今回で最後ですからね」

「そうね」

チェックを終えた原稿の束を手近の封筒に突っ込むと、私は沢野の方に差し出した。

「はい、お待たせ」

「あ、お疲れさまです」

沢野は慌てて椅子から立ち上がると、原稿の入った封筒を受け取った。

「コーヒー飲んだら帰ってね」

「うーん、何というか」

「何よ」

「もうちょっとこう、感慨もひとしお、みたいな感じ、出ないもんですかね」

何やら不満そうに沢野は口先を尖《とが》らせる。

「こんなもんじゃないの」

「十五年越しの連載の最終回ですよ」

「でも、人気がないから終わるわけでしょ」

「違いますよ。先生の作品は人気投票で真ん中より下だったことはありません。単行本の方も安定して売れてます」

沢野が気を遣って言ってくれているのは明らかだった。

「編集長が意気込み過ぎなんですよ。新人の連載をいくつか始めたがっていて……」

「いいんじゃないの」

私にとっては、もうどうでもいいことだった。

「いや、終わらせなくてもいい連載を打ち切りにしてまでやるのは無茶ですよ」

「杉山《すぎやま》さんが編集長になっていたら、どうだったんだろう」

「え？」

「この連載、元々はあの人と一緒に立ち上げたのよね。夜遅くまで打ち合わせして、何本もネームを作って、何度も何度も会議に持ち込んで……」

それは、『ルクソール』というタイトルの漫画だった。

岬《みさき》という名前の、明るく活発な中学生の女の子が主人公で、その女の子が、何度も何度も輪廻転生《りんねてんしょう》を繰り返しながら、ある一人の男の子への恋心を貫き続けるという、自分で言うのも何だが、スケールが大きいのか小さいのかよくわからない作品だった。

『ルクソール』というのは、古代エジプトの都テーベがあった土地だ。そこには日の沈むナイル川の西側に、ツタンカーメンのお墓などで有名な《王家の谷》がある。

中学生の女の子が、愛する男の子のために何度も生まれ変わる話、という最初のおおまかなアイデアを出したのは私だが、この作品のタイトルを考えたのは杉山さんだった。死と再生というテーマから思い浮かべて名付けたのだろう。

連載が開始された当初は、自分で考えたわけではないこのタイトルがあまり好きではなかったが、今となっては、この作品にこれ以上のタイトルはないと思えるほどに、思い入れを持てるようになった。

そういえば、主人公の「岬」という名前を考えたのも杉山さんだった。杉山さんのところのお子さんは男の子だったが、女の子が生まれていたら絶対にその名前を付けようと考えていたのだと、確か言っていたのを覚えている。

もう何年も、そんなことは忘れていた。

私がまだ十代の漫画家志望の少女だった頃、勇気を出して初めて漫画の原稿を持ち込んだ時、たまたま編集部にいて、原稿を読んでくれたのが杉山さんだった。

それは、私にとって本当に幸運なことだったと思う。

杉山さんは、持ち込んだ原稿を少しも褒めてくれなかった。

私の原稿の何が駄目で何が足らないのかを、杉山さんは淡々とした口調で指摘し続け、それを聞きながら、私は悔しくて涙を流した。

でも杉山さんは、最後に名刺をくれて、次からは必ず自分が君の原稿を見るから、持ち込みをする時は、編集部に直接電話を掛けて自分を呼び出すように、と言ってくれた。

「杉山さんは、文庫の部署か何かに異動になったんだっけ」

「副編集長は、今は雑誌の編集からは離れて、漫画文庫の企画と編集の方を……」

「もう副編集長じゃないでしょう」

私がそう言うと、沢野は無言で頷《うなず》いた。

一時は隆盛を極めた漫画雑誌も、最近はどの出版社も軒並み部数を減らしている。特に少女漫画雑誌は逆風が強く、かつて百万部以上を売っていた老舗《しにせ》の雑誌が、この数年で何誌も休刊や廃刊に追い込まれた。

私がデビューし、十五年もの間、連載を続けていた「別冊パンジー」も例外ではなく、全盛期の半分近くにまで部数を減らしていた。

ずっと少女漫画畑でやってきて、副編集長も長く務めていた杉山さんが、突如、文庫出版部に異動になったのは、半年ほど前のことだった。

真夜中に泥酔した沢野から電話が掛かってきて、教えてもらった。

次の編集長は杉山さんだとばかり思っていた私には、寝耳に水のような話だった。

新しく「別冊パンジー」の編集長に就任したのは、全社利益の三割以上を稼いでいる週刊少年漫画誌の編集部から異動してきた人だった。新編集長は、就任すると早々に、部数低迷のテコ入れのため、かなり強引な誌面改革を始めた。

十五年続いた私の連載の打ち切りが決定したのも、その改革の一端だった。

「そうだ。打ち上げどうします」

不意に沢野が言った。

「打ち上げって？」

「いや、だから、連載終了の打ち上げですよ。歴代の担当者とかスタッフとか、先生と親しい作家さんとか集めて……」

「やらなくていいわよ。面倒くさい。打ち切りなのに」

「そんなふうに言わないでくださいよ。杉山さんにも声を掛けておきましょうか？」

「でも、新しい部署に移って忙しいんじゃないの」

「いや、残業が減ってむしろ暇だって言ってましたよ」

「そう」

あまり気は進まなかったが、このまま最終回が掲載されてひっそりと終わり、というのも、確かに寂しいといえば寂しい。

それに、何となく杉山さんに会いたいような気もした。

もう何年も、杉山さんとはゆっくりと話したりする機会がなかった。このところは、年に一度か二度、出版社主催の忘年会のような大勢の人が集まる場所で、挨拶程度に言葉を交わすくらいだった。

杉山さんは部署を異動してしまったし、この機会にでも会っておかないと、どんどん疎遠になってしまいそうな気がした。

「来週末くらいでどうです？　先生、ご予定は」

「予定って？」

「いや、だから、休暇みたいなもんじゃないですか。何か計画とかないんですか」

「ないわよ」

「彼氏と旅行とか」

「ぶっ殺すわよ」

そう言って睨《にら》み付けると、沢野は声を上げて笑った。

旅行とは考えてもみなかった。よくよく思い返してみると、もう何年も旅行になど行ってない。

「少し骨休めしたらいいんじゃないですか。彼氏は現地調達ってことで」

「ほんとムカつくわねあんた」

「南の島とかいいんじゃないですか」

「南の島ねえ」

「タヒチとかフィジーとか」

「南の島かあ……」

脳裏に浮かんできたのは、タヒチでもフィジーでもなく、小さい頃、家族旅行で行った、あの島だった。

不意に、仕事机の上に置いてあったコードレスフォンの子機が鳴り出した。

「真希ちゃん、お願い」

私は子機を真希ちゃんに差し出した。

真希ちゃんがいる時は、私はなるべく、直接電話には出ないことにしている。

どこでどう調べてくるのかは知らないが、ごく稀に、ファンと称する人が、いきなり電話を掛けてくることがあるのだ。そういう手合いは、大抵の場合、失礼で不躾《ぶしつけ》な相手が多く、うっかり出てしまうと面倒なことになる。

「ええと、ああ、はい。漫画家の和淳美さんのお宅にお掛けなんですか？　お名前は」

私にも聞こえるよう、わざわざ大きな声で真希ちゃんは電話の向こうの相手と喋《しゃべ》っている。

「ええと、仲野《なかの》……仲野さんですね。仲野泰子《やすこ》さんとおっしゃるんですか？」

電話の相手の名前を聞き出し、確認するふりをして名前を連呼しながら、真希ちゃんが私の方を見る。要領を得たものだ。

仲野泰子という名前にはまったく覚えがなかった。

私は指で小さな×印をつくり、それを見て真希ちゃんが頷いた。

「ああ、はい。お掛け間違いだと思います。ええ。いえいえ、はい……」

真希ちゃんは電話を切り、子機を私に返した。

「大変ですねえ、いろいろ」

沢野が言う。真希ちゃんが話している間、大人しく黙っていたのは様子を察したからだろう。軽口は叩《たた》くが、こういう時にちゃんと空気を読めるのが、彼の良いところだった。

「ところで、真希ちゃんは来月から仕事どうすんの」

自分の机に戻った真希ちゃんに、沢野が言った。

「えーと、まだ考えてないです」

笑って真希ちゃんは答える。

「まだ当分は働いてもらわないと。単行本の表紙や原稿の修正もあるし、書き下ろしもまだ終わってないしね」

　殆ど打ち切りのような終わり方だったので、単行本の最終巻に、書き下ろしで最終回を描く予定だった。それについては、もう沢野とも打ち合わせていたし、単行本の方の担当者とも話がついている。

「ああ、そうでした。まだ全部終わりってわけじゃないんだ」

「そうよ。まだ年内は、真希ちゃんは手放せないわ」

　実際、私が専属で雇っているアシスタントは、この府川《ふかわ》真希という女の子、一人だけだった。

　以前は常に二、三人は雇っていたのだが、真希ちゃんが私の仕事場に来るようになってからは、締め切り前の数日だけ臨時のアシスタントを呼ぶ以外には、殆ど作画のアシスタントは彼女一人に頼っていた。

　昨年あたりまでは、「別冊パンジー」以外にも月刊誌の連載が二本あり、それなりに忙しかったのだが、雑誌の休刊やリニューアルがあって仕事が減った。

　仕方のないことだと気持ちを切り替え、これを機会に、最も大事にしていた「別冊パンジー」の連載に集中しようとしていた矢先に、今度はその連載すらもなくなった。まったく、転がり落ちる時は一気である。

「フリーの仕事でいいなら、いつでも紹介するよ。真希ちゃんなら、どこに行っても通用すると思うし」

沢野はいつもの軽口ではなく、本気で真希ちゃんのことを心配しているようだった。根は、なかなかいい奴《やつ》なのだ。

「和先生のような絵の下手な作家さんのアシスタントをしているのは勿体《もったい》ないよ」

前言撤回。

「いえ……」

真希ちゃんは呟《つぶや》くと、ちらりと私の顔を見てから、言葉を続けた。

「先生の仕事が終わったら、少し自分の作品を描く時間を取ろうかと思ってます」

「それはいい。アシ生活が長いと、プロのアシスタントになっちゃうからね」

沢野のその言葉に、真希ちゃんは肩を竦《すく》めてみせた。

「あの、先生……。描きためているネームがあるんですけど、今度、見てもらってもいいですか」

「ええ。もちろんよ。どうせもうすぐ暇になるからね」

ネームとは、白い無地の紙にコマを割って、登場人物の簡単なラフスケッチと科白《せりふ》を入れただけの、下書き以前の原稿のことである。

普通、編集者との打ち合わせは、このネームを元に行われ、それが通れば実際の原稿作りが始まる。

「そうそう。漫画はネームが命だからね。ネームが抜群に良ければ、絵が下手でも売れっ子になれる」

「それ、私のこと言ってるの」

「とんでもない。一般論ですよ」

そう言って沢野は笑った。まったく口数の減らない奴だ。

これでも一応、私は中堅どころ以上の少女漫画家なのだが、その私に向かって平気で絵が下手だと言うような輩《やから》は、杉山さん以来だった。言われても不思議と腹が立たないところも一緒だ。

私はエスプレッソの入ったカップに口をつけ、仕事用のソファに深く背を預けた。

何となく壁掛けの時計を見ると、そろそろ午後一時に差し掛かろうとしている。

「そうだ。これから三人で一緒にごはんでも食べに行かない」

時刻を知って、急に私は空腹を感じた。

「いや、僕は原稿持って帰らないと」

「私もちょっと用事が……」

「何よ。みんな付き合い悪いわね」

立て続けに沢野と真希ちゃんに断られてしまい、がっかりして私は言った。

「言い出して損した」

真希ちゃんが仕事用のエプロンを脱ぎ、帰る支度を始めたので、私は傍らにあるキャビネットを引き寄せ、抽斗《ひきだし》から紙のバッグを取り出した。

「ちょっといいかしら」

「あ、はい。何ですか」

エプロンを丁寧に畳んでいた真希ちゃんが、私の方を見て答える。

「これ、あげるわ」

こういう時にどんな顔をしたら良いのかわからず、私は殊更ぶっきらぼうな感じで、紙のバッグを真希ちゃんの方に向かって突き出した。

「えーと」

意味を図りかねた様子で真希ちゃんが声を出す。

「何よ。さっさと受け取りなさいよ」

「何ですか」

「だからその、ほら、仕事もひと区切りついたから、お礼みたいなもんよ。私のセンスで選んじゃったから、真希ちゃんの趣味に合うかどうかわかんないけど……」

自分でも何でこんなに焦っているのかわからないまま、私は捲《まく》したてるようにそう言った。こういう改まったことを言い出すのは本当に苦手なのだ。

紙のバッグの中身は、それなりに高級なブランドのスカーフで、私としては、かなり奮発したプレゼントだった。

「僕にはないんですか？」

慌てている私を見て、笑いを堪《こら》えながら沢野が言う。

「な、ないわよ」

「先生」

差し出したプレゼントを受け取り、真希ちゃんは、うるうるとした瞳で私を見つめている。

「本当に、本当にありがとうございます」

「もうやめてよ。私、苦手なのよ、こういうの」

沢野がとうとう声を出して笑い始めた。

「先生のお仕事のお手伝いが出来て、本当に良かったです」

紙のバッグを胸に抱いたまま、真希ちゃんは深々と頭を下げる。

腕時計を見て、沢野が椅子から立ち上がった。

「……僕はそろそろおいとましますよ」

「じゃあ真希ちゃんを駅まで送って行ってあげて」

「わかってます」

そう言うと、沢野は改まった様子で姿勢を正し、私に向かって頭を下げた。

「本当に長い間、お疲れさまでした」

「沢野くんこそ、お疲れさま。いろいろとありがとうね」

「単行本用に書き下ろす最終回のネームが出来たら、連絡してください」

「あら、チェック入れるの？　もう終わった連載の原稿に」

「当然ですよ。僕は担当ですからね。最後まで付き合わせてくださいよ」

私は笑顔で頷いた。本当に、この連載は、最後まで良い担当編集者に恵まれた。

二人を玄関先まで見送ると、私は大きく伸びをして、自分の左右の肩を順番に叩いた。

「沢野くんにも、何か買っておけば良かったかな……」

誰に言うでもなくそう呟くと、私は自分の机に戻った。仕事場の隅には打ち合わせ用のソファのセットも置いてあるのだが、やはり自分の机が一番落ち着く。

よくよく思い返してみると、私は今までの人生で、男の人に贈り物など一度もしたことがなかった。

真希ちゃんへのプレゼントも散々迷った末に選んだが、沢野へのプレゼントは、さらに選択に苦労しそうだな。

そんなことを考えながら、私はカップの底に残った冷めたエスプレッソを啜《すす》った。

2

死んだ私の爺《じい》さんは、若い頃、神戸の造船所でカンカン虫をやっていた。

カンカン虫というのは、船についた赤錆《あかさび》を掻《か》き落とす労働者のことだ。ケレン用のハンマーを持って、乾船渠《ドライドック》入りした巨大な船を相手に、日がな一日、カンカン、カンカンと表面の鉄板を叩いて錆を落とす単純作業を繰り返す。

爺さんは十五歳の時に島を飛び出し、大阪に出た。

当時はどこに行っても、求人のビラや貼り紙には、琉球人と朝鮮人はお断りと当たり前のように書いてあって、島出身の爺さんは、なかなか思いどおりの仕事には就けなかったらしい。同郷の者を頼って神戸まで行き、やっとの思いで造船所のカンカン虫の仕事にありついた。

人生でもっとも輝かしい時代である筈の十代を、爺さんはこの暗い乾船渠の中で過ごし、関西弁もすっかり板についた二十歳の頃、こつこつと貯《た》めた少しばかりの金を手に親戚を頼って上京し、警察官になった。

爺さんは、仕事に関しては真面目《まじめ》だったが、家では暴君で、夕飯の煮物の味付けがしょっぱかったという程度のことでも祖母を殴るような人だった。

警察官を退官すると、爺さんは妻からも子からも愛想を尽かされて一人になり、どういうわけだか、貯めたお金と退職金を使って、西武新宿線沿線の井荻《いおぎ》駅の近くでラーメン屋を開業した。

この話を私にする時、母は必ず「家では一度も台所になんか立ったことなかったくせに」と付け加えた。

私と浩市が、初めて爺さんに会ったのは、爺さんがこのラーメン屋を営んでいた頃だった。

たぶん、二回目にあの島へ旅行に行く少し前のことだと思う。私も浩市も、まだ小さかった。

その日、私と浩市は、よそ行きの少し良い服を着せられた。私は普段あまり着ないスカートを穿《は》き、頭にリボンを着けた。浩市は胸にワッペンのついた紺色のブレザーを着せられた。

私と浩市は浮かれていた。

母方の祖母は近所に住んでいて、しょっちゅう会っている。父方の祖父母は福島に住んでいたが、毎年、盆や正月には会っていた。

会ったことがないのは母方の祖父、つまりこの井荻の爺さんだけだった。

お爺ちゃんとかお婆《ばあ》ちゃんとか呼ばれる人は、皆、私たちに優しくて、おいしいものやお菓子を食べさせてくれたり、絵本やおもちゃを買ってくれたりする人だと思っていた。初めて会う井荻のお爺ちゃんも、きっとそんな人なのだろうと、私も浩市も思い込んでいたのだ。

浮かれてはしゃぐ私や浩市を後目に、黄色い西武新宿線に揺られながら、きっとお母さんは、憂鬱な気分に浸っていたに違いない。井荻に住むお爺ちゃんに会いに行くと言われたのは数日前だったが、その時も、家を出てくる時も、くれぐれも行儀良くするようにと何回も言われた。考えてみると、親戚の家に遊びに行くのに、わざわざよそ行きの服を着せられたのも、その時の一度きりだ。

そんなに大きくなるまで、私や浩市が母方の爺さんと会ったことがなかった理由は簡単だ。

母が、私や浩市を爺さんに会わせたくなかったのだ。

爺さんは、母からだけでなく、親戚中から嫌われていた。

妻と別れ、子供に見捨てられても、爺さんの性格は改まらず、父と母が結婚するために挨拶に行った時も、酔っ払った末に、お前は大学なんか出ていて生意気だ、俺を見下しているだろうと、よくわからない因縁をつけて父を殴ろうとし、母が慌てて止めに入ったのだと聞いた。

その日、浩市は広島カープの赤い帽子を被《かぶ》っていた。

紺色のブレザーに赤い野球帽とは、ちぐはぐな格好だったが、浩市は当時、その帽子をとても気に入っていて、出掛ける時はいつも被っていた。

浩市は、野球そのものには、特別な興味は持っていなかったと思う。まだ小さかったし、単に赤くて格好良いと思っていたのだろう。

その日も、母が置いていけというのを、駄々を捏《こ》ねて被ってきた。

だが、それがいけなかった。

爺さんは、初めて会う孫の頭の上に載っている赤い帽子を見て、すっかり機嫌を損ねてしまった。

浩市の頭から、無理やり帽子をもぎ取ると、爺さんはそれを出涸《でが》らしの豚骨やクズ野菜や残飯で山盛りになった店のゴミ箱に放り込んだ。

浩市はびっくりして泣き出した。

――こんな帽子を子供に被せて駅からここまで商店街を歩いてきたのか！

――お前は商売の邪魔をする気か！

母を怒鳴りつけ、爺さんは浩市に向かって言った。

――後でもっといい帽子を買ってやる。西武ライオンズの青い帽子だ。

爺さんは西武ライオンズのファンだった。

それは多分、西武線の沿線に店を出したという、ただそれだけの理由からだった。故郷の島は捨てたくせに、そういうくだらない地元意識は持っていたわけだ。因縁としか思えない物言いだった。そうでなければ、爺さんはもう、その頃には徐々に狂い始めていたのかもしれない。

気まずい雰囲気の中、私と浩市と母は、店の大きなテーブルを囲み、爺さんのつくった臭くて不味《まず》い豚骨ラーメンを食べた。

テーブルには、店の二階に住み込んでいる、中国人の女の人が一緒に座っていた。妙にはしゃいでいて、頻《しき》りに私や浩市に片言の日本語で話し掛けてきたが、何を言っているのか私には殆どわからなかった。

母は必死にその女の人を無視して、黙々とラーメンを食べていた。

ずいぶん後で聞いた話だが、その中国人の女の人は、当時の爺さんの愛人だったらしい。そして彼女は、たぶん、母と同い年くらいだった。

爺さんとのファーストコンタクトは最悪の雰囲気だったが、私も浩市も、まだ子供だったから、初めて会う母方のお爺ちゃんに気に入られようと一所懸命だった。

私と浩市は、家からスケッチブックを持ってきていた。

絵を描くのが得意だった私は、弟と相談して、爺さんへのプレゼントのつもりで絵を描いたのだ。

恐竜や、古代生物が好きだった浩市の提案で描いたプレシオサウルスの絵。

海に棲《す》んでいて、長い首と、ウミガメのような手脚のヒレが特徴的な首長竜。

私が下書きをして、浩市が丁寧にクレヨンで色を塗った。

半日以上かけた力作で、よく描けていたから、きっと褒めてもらえると思っていた。

茅ケ崎《ちがさき》市内からバイパスを経由し、西湘《せいしょう》に向かって海岸沿いを暫《しばら》く走ると、国道を挟んで海に面した、全面鏡張りの建物が見えてくる。

それが『西湘コーマワークセンター』だ。

棕櫚《しゅろ》の木が植栽されている幅の広い門をくぐり、私は建物の裏手にある駐車スペースに車を回した。

五十台は止められそうな広い駐車場に、車はまばらに数台ほどしか止まっていない。この施設は、いつ来てもこうだった。

隅の方のスペースを選び、乗り始めてもう三年目になるフォルクスワーゲンのゴルフを駐車した。ギアをパーキングレンジに入れ、腕時計を見ると、予約した時間の三十分前だった。

ちょうどいい頃合いだ。

車から降りると、強い潮の香りを含んだ風が顔を撫《な》でた。

私は駐車場を横切って歩き始めた。

コーマワークセンターの敷地内には、幾何学的なデザインをした建物が三棟並んでいる。正面玄関を持つ本棟と、研究棟、そしてもう一つが入院病棟だった。

予《あらかじ》め知っているのでなければ、殆どの人が、この建物が医療施設だとは気が付かないだろう。美術館か、そうでなければ公共の劇場かホールを思わせる外観の建物だった。

周りに人の気配はなく、施設は、まるで眠っているかのように、ひっそりとしている。

玄関のドアをくぐると、そこはリノリウム張りの広いロビーだった。神殿の円柱を思わせる、コンクリート製の太い柱が規則正しく並んでいて、吹き抜けの高い天井を支えている。

柱の周りには、それなりに高価そうな一人掛けのソファが何脚か置かれていたが、座っている人は誰もいなかった。

見上げると、天井はガラス張りになっており、白く塗られた鉄骨が、トラス状に複雑に組まれている。日射しは明るかったが、ロビーは薄暗かった。

私は受付へと向かい、来意を告げた。

少し待たされてから、ビジター用のＩＤカードを受け取り、ロビーの奥にあるエレベーターを使って三階に上がった。

指定された待合室に入ると、すでに榎戸《えのきど》が待っていた。

私が入室してきたことに気付くと、榎戸は机の上に広げていたノート型端末の画面から顔を上げ、立ち上がって私に向かって軽く会釈をした。

年齢は三十代半ば。縁のない眼鏡をかけていて、草食動物のように温厚そうな顔のつくりをしているが、頭はスキンヘッドというのだろうか、つるつるに剃《そ》り上げられている。

彼は、私と浩市のセンシングを担当している技師だった。

センシングとは、SCインターフェースという機械を通じて昏睡《コーマ》患者との意思の疎通を行う技術のことだ。医師の指示の下、《神経工学技師》という専門の技術者によって行われる先端的な医療技術で、《機械的コーマワーク》と呼ばれる。『西湘コーマワークセンター』は、それを行う日本では唯一の医療機関だった。

最初の数回のセンシングの時は、事前の打ち合わせに医師も同席していたが、このところは、特別なことでもない限り、この榎戸という技師が付き添うだけになっていた。

お互いに簡単な挨拶をすませると、私は促されるままに榎戸の正面の椅子に座った。まるで何かの宣誓のように、SCインターフェースによるセンシングの一般的な注意点などを淡々と語る榎戸の声をうわの空で聞きながら、私は彼の白衣の胸にぶら下がっているIDカードを眺めていた。

「前回も、前々回も、浩市さんは例の方法でセンシングを中断していますね」

榎戸のその言葉に、ぼんやりとしていた私は我に返った。

いつの間にか、具体的な浩市の経過についての話に移っていたらしい。

「ええ」

短く返事をして私は頷いた。

榎戸が、わざわざ「例の方法」などと言うのは、私に気を遣っているからだろう。確かに、あの方法はセンシングを行っている当事者にとってはショッキングすぎて、事前にわかっていたとしても、気分の良いものではなかった。

「これまでの間、精神科の先生が何度か、SCインターフェースを通じて浩市さんのカウンセリングを行っていますが、状況は前回とあまり変わっていません。原因を探るべきですね。その……」

「弟の自殺未遂の原因についてですか」

「……そうです」

榎戸がいちいち言葉を濁そうとするので、私は単刀直入にそう言った。

浩市は、数年前に自殺を試み、その時の脳外傷が元で遷延性《せんえんせい》意識障害となり、昏睡《こんすい》状態が続いている。

この『西湘コーマワークセンター』にベッドを移したのは三年ほど前で、幸いSCインターフェースによる機械的コーマワークが成功し、昏睡状態のまま、浩市との意《せ》思《し》の疎通《そつう》が可能になった。

「今日はどうします？　浩市さんの方の状態は安定していますが……」

むしろ榎戸は、浩市へのセンシングによって私が受ける精神的なショックの方を懸念している様子だった。

「ええ、もちろん行います」

私は強く頷いた。そのために高額の入所費用を支払い、何日も前から面会の予約を入れ、毎月、この施設に通っているのだ。

「わかりました」

榎戸はノート型端末の蓋を閉じて立ち上がり、準備のために部屋から出て行った。

やがて榎戸と入れ替わりに入ってきた若い看護師に案内され、私も待合室を出た。入院棟にいる浩市も、同じように看護師たちの手によって研究棟のセンシングルームに移動している筈だ。

連絡通路を渡り、本棟から研究棟に入ると、私は狭いロッカールームのような準備室に通された。そこで着ている衣服を脱ぎ、下着だけの姿になると、消毒済みの袋から淡いモスグリーンで染められた患者着を取り出し、それに着替えた。

貴重品を、準備室の壁に備え付けられた金庫に入れ、ＩＤカードを使って施錠する。

待っていた看護師の後について準備室を出ると、廊下をセンシングルームへと向かった。

「和さん」

不意に看護師が話し掛けてきた。

まだ二十代前半くらいの若い女性の看護師だった。背が低く、目がくりくりしていて、何となく幼い感じのする顔立ちの子だった。

「和さんって、もしかしたら漫画家の和淳美先生じゃないですか」

「ええ、まあ、そうですけど」

内心、面倒くさいなと思いながら私は頷いた。

「やっぱり！」

看護師が、一オクターブも跳ね上がったような声を上げた。

「私、先生の大ファンなんです！　中学生の頃からずっと……」

「ああ、そうなんですか。ありがとう」

正直、この状況でそんな話題を持ち出されるのは迷惑だった。

これだから本名で仕事をするのは嫌だったのだ。

デビューに当たって、私はあれこれと素敵なペンネームを考えていた。ところが杉山さんは、身の毛もよだつような乙女チックなペンネームを私に勧めてきて、作品名は譲ったけれど、さすがにそこは譲れないと、大げんかの末に、デビューは本名で、ということに落ち着いたのだった。

その結果がこれだ。

ファンにはすぐに住所や電話番号を突き止められるし、余計な場面で、こういう煩わしいことを引き寄せる。

私が無言で何も答えようとせず、不機嫌な様子を見せたせいか、看護師はそれ以上はもう何も言ってこなかった。

センシングルームに入ると、榎戸が待っていた。

面会者用のセンシングルームからは、残念ながらすぐ近くにいる筈の浩市の姿は見ることが出来ない。入院者用のセンシングルームは、技師が入るコンソールルームの向こう側にあるということだった。

厚いガラスと、その脇にあるスチール製のドアで隔てられたコンソールルームに榎戸が入ると、私は部屋の中央にあるベッドに仰向けに横になった。

マッサージ用のベッドのような形をしていて、ヘッドレストがついており、ちょうど首のところで頭が固定され、頭部全体は自由に施術が出来るような構造になっている。

案内してきたのとは別の看護師が二人、ベッドの脇に立っており、私はそのうちの一人から渡されたアイマスクを着けた。

私の視界から光が遮断された。

続いて、榎戸があれこれと指示する声と、頭の何か所かに針のようなものが刺入《しにゅう》される感触があった。

これは《非侵襲型》と呼ばれているSCインターフェースで、センシングに必要な情報を得るために、頭皮と頭蓋骨の間に数センチほどの長さのごく細いスキャンニードルを水平に何列にも亘って刺入する。

一本刺入する度に、コンソールルームに入った榎戸からモニターを通じてマイクで細かい位置や刺入深度の修正の指示が入る。

よくわからないが、非常に微妙な調整が必要らしく、これを何十本にも亘って繰り返すので、看護師の要領が悪いと、このセンシングの準備作業だけで一時間以上も掛かる場合がある。

アイマスクを着けているせいで、マイク越しに聞こえてくる榎戸の声や、頭部に触れる看護師らの指の動きを感じているうちに、私は眠くなってきた。

最初の頃は、頭に針のようなものを刺すと聞いて、一本ごとにいちいち緊張していたが、慣れてしまうと、頭に刺す針というのは意外とむず痒いもので、眠気すら起こってくる。

だんだんと、頭皮を撫で回していた看護師たちの手の感触は薄れ、私は覚醒しているのか、眠りの中にあるのかも定かではない暗い闇の中を漂い始めた。

センシングルームは完全に外からは遮音されており、私の耳は、看護師たちによって装着されたヘッドフォンのようなもので塞がれている。

その向こう側から聞こえてくるのは、ごく低い音量の、波音を思わせるようなサンドノイズだった。

榎戸の説明によると、それは胎内音に近い周波数を持つ音らしく、センシングを行うに当たって、その導入には欠かせないものなのだという。

会話やイメージの共有、またはもう一段上にある古い記憶や感情、精神そのものの一体感まで含めた高度なセンシングも、まずはこのサンドノイズの海での、静かなピッチの同調から始まる。

今の私は、起きているとも眠っているともいえない、半覚醒の状態にあった。

榎戸はコンソールルームで、その向こう側の部屋に横たわっている浩市の脳硬膜に取り付けられたスティモシーバーと、私の頭皮の下に刺入されたスキャンニードルの、対応する一本一本のピッチの調整を行っている筈だった。

センシングを行っている本人たちは、半覚醒の状態になると時間の感覚を失ってしまうので気が付かないが、同調が完了し、センシングが開始されるまでの時間は、早ければ数分、長ければ数時間を要するとのことだった。

何時間もかけ、何回トライアルしても、結局、センシングには至らないという事態も珍しくはない。

原因はいろいろとあるらしいが、相性の問題もあるし、体質によってはSCインターフェースという機器自体が体に合わず、気分が悪くなって中断するというケースもある。

だが、センシングが失敗する最も多い原因は、そもそも昏睡状態にある患者自身が、外部からの精神への干渉を望んでおらず、そのためにセンシングが不成立になるのだと聞いた。

不思議なのは、センシングというのは、気が付くといつの間にか始まっているという点だった。

例えば、私は今、着慣れないスカートを穿いて、髪の毛にはリボンを着け、黄色い西武新宿線の座席に揺られている。

私の隣には、もう数年前に直腸がんで亡くなった筈の母が座っていて、その母を挟んだ向こう側には浩市が座っていた。

広島カープの赤い野球帽に、胸元にワッペンのついた紺色のブレザーという、ちぐはぐな格好。ブレザーとお揃いの、紺色の膝丈の半ズボン。

まだ小さい浩市は、電車の床に足が届かず、ぶらぶらと足を前後に揺らしている。

隣に座っている母の姿は、私が、自分の持っている記憶の底から引っ張り出してきたか、または浩市の持っている母のイメージのいずれか、またはそれらの混ざり合ったものだろう。

それは、このセンシングの最中に、どんなに現実味を伴って現れたとしても、現実の母本人ではないし、ましてや魂を持った何者かでは有り得ない。

センシングの最中に現れる、こういった内面のない登場人物のことを、医師や技師たちは、フィロソフィカル・ゾンビと呼んでいた。元々は哲学用語らしい。

だが、その母の向こう側にいる、四つか五つの小さな男の子は、確かにSCインターフェースを通じて、私と繋がっている浩市本人に間違いなかった。

浩市は、わざとそうしているのか、それともきっかけを見計らっているのか、私の方は見向きもせずに、じっと西武線の床を見つめながら膝を前後に動かし続けている。

私は電車の外を流れていく風景を眺めた。

空はよく晴れていた。線路沿いに建つ家は、スレート葺きの背の低い文化住宅が多く、同じような形をした家が、縦横に、将棋の駒のように整列し、軒先の物干し竿には洗濯物が揺れている。

私は目を閉じた。

今のところ、私は、自分自身がコーマワークセンターのSCインターフェースを通じ、浩市とセンシングしている最中であるということを自覚している。

SCインターフェースによるセンシングで厄介なのは、たまに、そのこと自体を私が忘れてしまうことがある点だった。そういった場合、自分がセンシング中であることに気付くのは、目を覚ました瞬間ということになる。その時の、深く暗い虚無感は、言葉では言い尽くせない。

「覚えているかい、姉さん」

目を閉じてそんなことを考えていた私の耳に、不意に浩市の声が聞こえてきた。

「あのプレシオサウルスの絵」

「覚えているわ」

私は答えた。

よく覚えている。

初めて会った母方の爺さんのために、プレゼントのつもりで描いた首長竜の絵。よく描けていたから、きっと褒めてもらえると思っていた。

瞼を開くと、そこは、もう現実には存在しない、井荻で母方の爺さんが営んでいたラーメン屋の、隅っこの座敷の席だった。

四角いテーブルに私と浩市は並んでちょこんと座り、その正面に、薄汚れた調理用の白衣を着た爺さんが座っている。

母は隣のテーブルで、私と浩市が残した豚骨ラーメンを、必死になって啜っていた。爺さんの愛人である中国人の女の人が、片言で母に話し掛ける大きな声が店の中に響いている。母はそれを無視して、殆ど伸びきって豚の脂の臭いしかしなくなったぬるいラーメンを黙々と啜っている。

爺さんの前には、私と浩市が一所懸命に描いたプレシオサウルスの絵があった。

「お前ら、もっと勉強せなあかん」

青年の頃に神戸で覚えた、どことなくおかしな関西弁で爺さんは言った。

島の言葉を嫌っていた爺さんは、後に島に戻って出家してからも、ずっと関西弁で喋っていたと母からは聞いていた。

「こんなもん、いるわけないやろが」

爺さんは胸元のポケットから太いマジックを取り出すと、私と浩市が丁寧に描いてクレヨンで色まで塗ったプレシオサウルスの絵のヒレの部分に、象を思わせる下手くそな脚を描き足した。

「ええか、描くんやったら、こう描くんや」

そのページをびりっと破り、爺さんはスケッチブックの白紙のページを開くと、調理油のついたマジックと一緒に、私の前に突き出した。

「お爺ちゃんが直した絵を見て、ほれ、もう一回、描き直してみぃ」

爺さんは、野心とプライドは人並み以上だったが、教養がなかった。そのくせ、自分が無知だとは少しも考えなかったようだ。

私は吃驚《びっくり》しただけだったが、浩市の傷つきようといったらなかった。すぐさまテーブル越しに爺さんに飛び掛かり、あっけなく顔を平手で引っぱたかれた。

ラーメンを食べ続けている母に向かって、爺さんは怒鳴り声を上げ、子供の躾がなっていないだの何だのと、大声で母を詰《なじ》り始めた。

頬を赤くした浩市が泣き喚《わめ》き、爺さんと中国人の女の人が、片言の中国語と日本語で口論を始めた。

無残に脚を描き足され、紙の端が破れたプレシオサウルスの絵を見ながら、私は声も出さずにぽろぽろと涙を流した。

「無知というのは、まったくもって、ただそれだけで犯罪的だと思うよ。爺さんは、最後は結局、あれほど嫌っていた島に戻って出家した。坊主になってからも性格は変わらなくて、爺さんが死んだ時も、弔問客は二人しか来なかったってさ」

私は目に浮かんでいた涙を手で拭い、顔を上げた。

そこには浩市が立っていた。

子供の頃の浩市ではない。それから何年も経《た》ち、青年になってからの浩市の姿だ。

私は周囲を見回した。

見覚えのある部屋だった。

以前、私が住んでいた阿佐ケ谷《あさがや》のワンルームマンション。

漫画家としてデビューする少し前から、数年ほどの間、住んでいた場所だ。

仕事用の机と椅子、ベッド、それから小さな本棚とドレッサーを除いては、殆ど何もない部屋だった。

ベランダへと続くサッシを背にして、浩市は立っている。

浩市は、このマンションには来たことがあったっけ？

私はそれを思い出そうとした。たぶん、なかった筈だ。

部屋の壁に押しつけられたシングルベッドに腰掛けている格好で、私は浩市の姿を見上げた。

浩市は口元に微《かす》かな笑みを浮かべている。

何だか卑屈な感じの笑いだった。

小さな頃の浩市は、決してこんな笑い方はしなかった。

「会いに来てくれてありがとう。嬉《うれ》しいよ」

さして嬉しくもなさそうに言うと、浩市は私の仕事用の椅子を手近に引き寄せて座った。

「行くのかい、あの島」

浩市は、私が迷っていることを見透かしている。

SCインターフェースによって繋がっているから、もしかしたら本当に私の考えていることがテレパシーのようにわかるのかもしれない。

もっとも、私の方が浩市の心の奥底を知ろうとしても出来ないから、それには何か特別な方法か、SCインターフェースへの深い同調が必要なのかもしれない。

「やめとけよ。がっかりするだけだ。あのサンゴ礁の磯浜は全て護岸された。赤い布を括り付けた竹竿なんて、もうどこにも立っていない」

ゆっくりと、諭すような口調で浩市が言った。

あれからもう三十年以上もの歳月が経っている。島の様子は、以前とはだいぶ様変わりしてしまったと親戚などからも聞いていた。

人工ビーチは失敗したが、スキューバダイビングや釣りが目的の観光客が訪れるようになり、今はコンビニエンスストアも二、三軒あるらしい。

「思い出のある土地には行かないのが一番だ。心の中の風景は、現実のそれと出会うと、途端に色を失ってしまう」

それは確かにそうかもしれなかった。私の心の奥にある、猫家や磯浜の風景は、そのまま心の中に閉じ込めておいた方がいいのかもしれない。

浩市がベランダへと続くサッシを開いた。

生暖かい風が、部屋の中に入り込んでくる。

私がそちらを見ると、もうそこに浩市はいなかった。

カーテンだけが、外からの風を受けて静かに揺れている。

ベランダから外に飛び降りたような感じでもあるし、突然、その場所から姿を消したようでもあった。

外に出て、階下を見下ろせば、地面に叩きつけられて血を流している浩市の死体を見つけることも出来るかもしれないが、確かめてみる気にはとてもなれなかった。

亡霊にでもなったような気分で、私は随分と長い間、落ち着かずに部屋の中をあっちへ行ったりこっちへ行ったりとうろうろし、どうしたものかと考えた。

そこで覚醒した。

目にはアイマスクを着けているし、耳もヘッドフォン状のもので塞がれているから、一瞬は自分がどこにいるのかもわからず、それがセンシングの続きなのか、それとも終わりなのかも、すぐには判断がつきかねた。

「そのまま動かずに。少し深呼吸などして、リラックスしてください」

ヘッドフォンのモニター越しに榎戸の声が聞こえてくる。

そこでやっと私は、現実に引き戻されたのだということに気付いた。

言われたとおりに私は大きく息を吸い込み、それからゆっくりと吐き出した。

センシングルームに誰かが入ってくる気配があった。看護師たちだろう。

私の頭に突き刺さっている数十本のスキャンニードルが引き抜かれ、念入りに頭皮の消毒がなされた。数か所から出血しているらしく、看護師のうちの一人が、消毒薬の染み込んだ脱脂綿をギュッと私の頭に押し付け、止血している。

やがてワゴンか何かをガチャガチャと引き上げる音がして、それから、榎戸のモニター越しではない生の声がした。

「終わりましたよ」

アイマスクを外し、私はセンシングルームの中の様子を見た。

ベッドの傍らに立っている榎戸の他には、もう部屋の中には誰もいなかった。

私は上半身を起こし、ぼんやりとする頭を左右に振った。

それから顔を上げ、壁に掛けられている時計を見た。

浩市とのセンシングは、私には数分の出来事のように感じられたが、時間は、この部屋に入ってきた時から、すでに三時間以上も経過していた。

3

「ねえ」

コピックを使って器用に色原稿を仕上げている真希ちゃんに、私は声を掛けた。

「あ、すみません。あと一時間くらいで終わると思います」

何を勘違いしたのか、真希ちゃんが慌てた声を上げる。

「違うのよ。少し休憩しない？」

「あ、じゃあコーヒー淹《い》れてきます」

真希ちゃんは立ち上がろうとした。

「いいわよ。私が淹れてくるから、そのまま塗っていて」

私がそう言うと、真希ちゃんはすまなそうに肩を竦め、再び原稿に向かった。

水蒸気を噴き上げるエスプレッソマシーンの前に立ちながら、私は真希ちゃんの方を見た。本当に器用な子だった。

私は色原稿は苦手で、今となっては絶対に自分では塗らない。若い頃は仕方なく水彩絵の具と色鉛筆を使って自分で塗っていたが、売れてからは、雑誌の巻頭カラーや単行本の表紙などで四色のカラー原稿を描かなければならない時は、臨時で色原稿専門のアシスタントを雇っていたくらいだった。

エスプレッソの入ったカップを両手に一つずつ持ち、私は真希ちゃんの背後に近寄ると、後ろから自分の原稿を覗き込んだ。

それは、最終巻となる単行本の表紙の原稿だった。

例の、打ち切りになった「別冊パンジー」の『ルクソール』という漫画だ。

真希ちゃんは、作業に集中していて、背後に立つ私にちっとも気付いていない。

最近は、カラーの原稿などは、まずスキャナーで線画を取り込み、パソコン上で着色する人が増えたが、私も真希ちゃんも、漫画の原稿に関しては、まるっきりのアナログ派だった。

もっとも、全て我流でやってきた私と違って、美大のデザイン科を出ている真希ちゃんは、作画の技術は何もかも私より上だ。

コピックは、イラストレーターやデザイナーが好んで使う、いわば色つき筆ペンのような画材だ。真希ちゃんがあまりに見事に色原稿を仕上げてくれるのに気を良くして、自分ではどうにも上手《うま》く扱えないこの画材を、真希ちゃん用にと三百二十二色、全部仕入れてしまった。

数十本のコピックを原稿の横に並べて、器用に重ね塗りをしている真希ちゃんの手の動きを感心して眺めながら、私は、これは真希ちゃんにとっては、あまりよろしくない状況だな、と考えていた。

一般的には、アシスタントという職業は、漫画家を目指しているデビュー前の新人がやるものだと思われているようだが、中には《プロアシ》といって、アシスタントとしてプロ化してしまう人が少なからずいる。

真希ちゃんのように、確かな作画の技術があるのにも拘《かか》わらず、ちっとも自分の作品を描こうとしない子は、うっかりすると、いつまで経っても自分の作品で生計を立てることが出来ず、プロのアシスタントになってしまう可能性があった。

売れる人というのは、長くはアシスタントはやらないものだというジンクスがある。

私自身も、デビューまで殆ど他の作家さんのアシスタントをやった経験はなかった。

「真希ちゃんさあ」

原稿を汚さないように、私は真希ちゃんの隣の机にエスプレッソの入ったカップを置いた。

「これが終わったら、暫く仕事ないけど、どうする」

「えーと、沢野さんにお願いして、誰か紹介してもらいます」

「他の作家さんのアシやるの」

「あ、でも、先生が新しく連載始めるなら、すぐに戻ってきますから」

何を勘違いしたのか、慌てたように真希ちゃんはそう付け加えた。

「ダメよ」

声のトーンを少し落とし、私は言った。

「え？」

真希ちゃんが不安そうな声を上げる。

「自分の作品を描かなきゃ。最近、描いてるの？」

私がそう問うと、真希ちゃんは少し思案した後、軽く首を横に振った。

彼女は、三年ほど前に、私が連載している……いや、していた「別冊パンジー」の新人賞で大賞を受賞してデビューした。

担当は沢野で、彼の強いプッシュがあって、受賞作が本誌に掲載された。

私も沢野に勧められて真希ちゃんのデビュー作を読んだが、正直、その新人離れした画力の高さには圧倒されたものの、内容についてはあまり心動かされるものはなかった。漫画とは絵ではないな、と改めて感じたくらいだった。

実際、掲載された真希ちゃんのデビュー作は、沢野の予想に反して読者アンケートでの評価も芳しくなく、驚異の新人として一気に読み切りから連載を獲得させるつもりで息巻いていた沢野も、それでは意気消沈せざるを得なかった。

沢野が真希ちゃんを私のところに連れてきたのは、それから暫く経ってからだった。

いつもの調子で、沢野はこんなことを言った。

「先生は絵が下手だから、彼女のようなアシスタントがいたら大助かりでしょう。そのかわり、彼女には人気漫画家のネームの切り方ってのを盗んでもらいます。ギブ・アンド・テイクってやつですよ」

実に失礼な話だが、実際、真希ちゃんには大助かりだった。私の方も、少し彼女を頼りにしすぎた嫌いがある。彼女を専属で雇い、本当に忙しい時以外は、他のアシスタントを使わなくなった。これでは彼女も、自分の作品を描くどころではなかっただろう。

「何か描けたら、沢野のところに持って行く前に、私に読ませなさいよ」

私がそう言うと、真希ちゃんは自信なげに頷いた。沢野から聞いたところによると、真希ちゃんは、もう一年以上も、ネームの持ち込みすらしていないらしい。

きっと真希ちゃんは、少し自信を失い欠けているのだろうな、と私は思った。

ネームの内容に厳しくチェックを入れられたり、何度も描き直しをさせられたり、そんな思いをしてやっと担当レベルでオーケーの出たネームが、あっさり編集会議で却下されたり、そんなことを繰り返しているうちに、漫画を描くのが楽しくなくなってしまったか、何を描いたらいいかわからなくなってしまった。そんなところだろう。

実際、若い頃の私もそうだった。初めての連載を獲得するまでの間に、杉山さんと一緒につくった没ネームの枚数は、千ページを下らない。

真希ちゃんの場合、担当編集者である沢野との人間関係は悪くないようだから、後は彼女自身の問題だ。

「とにかく、この機会にアシスタントの仕事は少し控えて、自分の作品を描いた方がいいわ」

「そうですね」

俯《うつむ》いたまま、真希ちゃんが言う。

「大丈夫。暫くの間は、今まで通りの給料を払うわ」

「え？」

「そうね、一年くらい？　その間に結果を出しなさいよ。それ以上は面倒見ないからね。わかった？」

真希ちゃんは驚いた様子で顔を上げ、頻りに頷いた。

私自身も当分の間は仕事を失うというのに、我ながらお人好しだとは思うが、真希ちゃんは、それだけの仕事を、私の仕事場でしてくれた。今までの分だって、彼女の力量を考えたら、さほど高い給料を払っていたわけではないのだ。このくらいはいいだろう。

再び真希ちゃんに色原稿の仕事を続けるように指示すると、私はエスプレッソのカップを手に、自分の机に戻った。

椅子に座り、ガラスブロック越しに仕事場に差し込んでくる青い日射しを眺める。

真希ちゃんが色原稿を仕上げるまでの間、単行本の最終巻に入る予定の原稿を見直し、手を入れる箇所のチェックをすることにした。

締め切り間際に描いたせいで荒れた絵の修正や、科白などの変更、それから、中途半端な形で終了した雑誌での最終回にケジメをつけるため、数十ページ分、書き下ろしでラストを付け加えるつもりだった。

だが、ネーム用の無地の白いノートを開いても、何となく終わってしまったことのように感じられて、頭には何も浮かんでこなかった。

私は気分転換のため、仕事場から、上の階にある自宅に戻ることにした。

原稿が仕上がったら内線で知らせるようにと、いつもと同じ指示をして、仕事場から直接、二階のリビングへと続く階段を上がる。

突き当たりのドアを開き、プライベートな空間に入ると、そこは一人暮らしには少々広すぎるリビングだった。私がそれなりに綺麗《きれい》好きなせいで、余計に全体ががらんとして見える。

すぐにネームに取り掛かろうという気にもなれず、私はリビングのテーブルの上に置いてある郵便物の束に手を伸ばした。

各種の支払い明細や公共料金の引き落としのお知らせ、定期的に送られてくる宗教団体の勧誘のパンフレットや、寄付を無心する環境保護団体のダイレクトメールなどに混じって、一枚の絵葉書が私の目を引いた。

それは、南の海の風景を写真に撮ったものだった。

遠浅のサンゴ礁の磯浜に、点々と大小の潮だまりが口を開いている。

モスグリーンに染まったそれらの潮だまりと、磯の焦茶色が、斑模様を描いている向こう側に、鮮やかなコバルトブルーで彩られた空と海が広がり、境目から白い入道雲が立ち上っている。私と浩市が小さい頃に訪れた、あの島にそっくりの風景。

暫くの間、私の目はその絵葉書の写真に釘付《くぎづ》けにされた。

潮だまりのひとつに、赤い布を括り付けた竹竿が立っているのを、写真の風景に重ね合わせて思い浮かべてみる。

ここは危険だと知らせるための赤い布。

私は絵葉書を裏返し、差出人の名前を見た。

青いインクの万年筆で、美しく丁寧な字が並んでいる。

ひと目見て、どうやらファンレターの類《たぐい》ではなさそうだと感じた。

わざわざファンレターを書いて送ってくるような人は、年齢に関係なく、もっと幼い字を書く。

差出人の名前は、仲野泰子となっていたが、覚えのない名前だった。

文面は、ごく短いものだった。先日、突然に電話をしたことを詫《わ》び、息子が生前、たいへんお世話になったと、感謝と礼を述べている。

私は絵葉書をテーブルの上に置き、腕を組んで考え込んでしまった。

どちらも特に覚えがない。

いや、待てよ。

私はもう一度、絵葉書を手に取り、仲野泰子という差出人の名前をじっくりと眺めた。

どこの誰なのかは思い出せないが、この間、沢野が来ていた時に掛かってきた電話の主が、確かそんな名前ではなかったか。

あの時は、真希ちゃんを電話に出させて、知らない名前だったから適当に応じさせて切ってしまった。

ファンからの突然の電話だとばかり思い込んでいたが、もしかしたら、何かとても大事な用件で掛かってきた電話だったのかもしれない。

私は必死になって、その仲野泰子という人物が何者なのか思い出そうとした。息子が生前お世話になった？　息子って誰だ？

思い出すまでに、私は少しばかりの時間を要した。

ずっと以前……あれは杉山さんが私の担当をしていた頃だから、十年以上前だ。私の漫画のファンだった中学生の男の子が、自殺未遂を図ったことがあった。

「別冊パンジー」で連載していた私の漫画、つい先日、打ち切りになった、例の『ルクソール』という作品の熱心な読者で、連載開始当初から、編集部気付で何度も長い長いファンレターをくれた男の子だった。

将来は和先生のような漫画家になりたいと書いてきた彼に、私は、もし本当に漫画家になりたいのなら、漫画ばかり読まずに、映画や演劇や、それから小説など、たくさんのものに興味を持って、いろいろなジャンルの本を読むといいよ、と当たり前のアドバイスを書いて送ったりした。

それから彼は、本当によく勉強するようになったようで、手紙にそのことをいろいろと書いてくるようになった。

今は哲学に興味があって、これこれこんな本を読んでいる。海外の文学や演劇にも興味が湧いてきて、古典の戯曲なんかも最近読み始めた。そんなことが、几帳面《きちょうめん》さを感じさせる綺麗な字で、便箋に目一杯書かれていた。

覚えたばかりの知識を、ねえ、僕はこんなに難しいことも知ってるんだよ、と一所懸命に私に伝えようとする、その子供らしい背伸びした様子に、手紙を読みながら、思わず微笑んだりしたものだった。

だが、連載が順調に人気を得てくると、私は忙しさで目が回るほどになり、返事を書くどころか、毎日のように編集部宛にどっさりと届くファンレターの山のすべてに目を通すことすら不可能になった。

「別冊パンジー」以外の仕事も増え、月に何度も迫ってくる締め切りに追われているうちに、私はその大事なファンのことを忘れてしまった。

男の子の母親から電話があったのは、そんな頃だった。

病院からの電話だった。息子がいじめを苦にして飛び降り自殺を図り、意識不明の重体に陥っているという。

詳しいことはよくわからなかったが、男の子は、私が書いた返事の手紙や、同封した直筆のイラストを、宝物のように大事にしており、返事が来なくなってからも、変わらず私の漫画の熱心なファンだということだった。

それは懇願の電話だった。

息子は生死の境を彷徨《さまよ》っている。一命をとりとめても意識は戻らないかもしれないが、何とか病院にまで見舞いに来てはもらえないだろうか、と。

私はすぐにその申し出を受けた。

不遜《ふそん》を承知で言わせてもらえば、私の作品を愛してくれた一ファンの身が心配だったからではなかった。仕事で多忙を極めていた私は、どんな理由でもいいから、仕事から逃げ出す口実を欲していたのだ。

私は杉山さんに、これは人の命が懸かっている緊急事態なのだと力説し、他人に任せられる仕事の一切をアシスタントたちに押し付けると、渋面を下げた杉山さんの、付き添いという名の監視を受けながら、タクシーで病院へ向かった。

そこまで思い出したところで、携帯電話が鳴り出した。

ポケットからそれを取り出し、着信元を見ると、杉山さんからだった。

私は慌てて受話ボタンを押す。

「連載、終了するそうだね」

簡単な挨拶のやり取りの後、杉山さんは昔と変わらない穏やかな口調で言った。

「部署が変わってしまったから、沢野に聞くまで知らなかったよ。本当にお疲れさま」

杉山さんの優しい声を聞いて、私は声を詰まらせた。沢野から、編集会議で連載の打ち切りが決定したとの知らせを受けた時も、これほどに動揺はしなかった。

「すみません……」

思わずそんな言葉が出た。まだ新人だった頃、杉山さんと二人で、連日のように打ち合わせをし、寝る間も惜しんでプロットやネームをつくり、やっとの思いで連載を獲得した日のことが、まるで昨日のことのように頭の中を巡った。

あの作品は、私だけのものではない。

少なくとも最初は、私と杉山さんの二人で作り上げた、いわば私と杉山さんの間に生まれた子供のようなものだった。

急にそんな思いが込み上げてきて、私は電話口で泣いた。

私は失ったのだ。杉山さんとの子供を。

次に私が言葉を発せられるようになるまで、杉山さんはずいぶんと長い間、電話の向こう側で無言で待っていてくれた。

「初めて作品を持ち込んできた時、君はまだ高校生だったかな」

「いえ、私、高校は中退していますから……」

「そうだったっけ」

「その頃は牛丼屋でバイトしながら漫画描いてました」

「そうか」

電話の向こう側で、杉山さんが微かに笑う気配があった。

「杉山さんと出会っていなかったら、私、どうなっていたか」

「僕と出会っていなくても、君は漫画家になっていたと思うよ」

「……ありがとうございます」

私は鼻を啜り上げながら、やっとそれだけ言った。

「連載終了の打ち上げをやるそうだね。沢野から聞いたよ」

「あ、はい」

「僕も誘ってくれないかな。きっと行くから」

「はい、それはもちろん」

そこでふと、テーブルの上に置いたままの絵葉書が、目の端に留まった。

私はそれを拾い上げ、南の島の海が写った表面をひっくり返し、差出人の名前をもう一度見た。

「あの、杉山さん」

「何だい」

「変なことを聞いて申し訳ないんですけど、ずっと前、杉山さんが私の担当だった頃、わがまま言って、連載をお休みさせてもらったことがありましたよね。覚えていますか?」

「覚えているさ、そりゃあ。でも、何度もあったからなあ。どれのこと?」

冗談めかしてそう言うと、杉山さんは電話の向こうで声を出して笑った。

「ファンの男の子が自殺未遂を起こして病院に行った時のことです」

「ああ」

杉山さんは笑うのをやめた。覚えているようだった。

「あの時のファンの子と、そのお母さんの名前、思い出せますか?」

「ちょっと待って。たぶん……」

考えるような少しの沈黙の後、杉山さんは口を開いた。

「確か、ナカノさんとか、そんな感じじゃなかったかな。下の名前までは、さすがにちょっと……」

それで十分だった。絵葉書の差出人欄に書かれた仲野泰子という名前を見ながら、私はその人が、病院で一度会ったきりの、あのファンの男の子の母親であることを確信した。

杉山さんにお礼を言い、電話を切ると、すっかり単行本用のネームを考える気が失せてしまっていた。

あの日、タクシーで病院に向かった私と杉山さんは、集中治療室近くにある専用ロビーで仲野泰子さんに会った。

ロビーには、仲野さんの親戚と思われる人たちや、警察の関係者らしき人たち、また、自殺未遂を起こした男の子のクラスメートだと思われる子供たちなどがいて、それぞれに深刻そうな面持ちで話し合ったり、落ち着かない様子で壁に凭《もた》れて腕組みをしたり、ソファに体を預けて瞼を閉じたりしていた。

徹夜明けで仕事場から抜け出してきた私は、ぼさぼさの髪に化粧もしておらず、着ているのはスウェットの上下で、同じくポロシャツにジーンズ姿の、ラフ過ぎる格好をした杉山さんと並ぶと、重苦しい空気で張り詰めた集中治療室のロビーの雰囲気とは、この上ないくらいに場違いだった。

当然ながら、その場に私や杉山さんの知り合いはおらず、突然やって来た、この場違いな男女の二人連れに、その場にいた誰もが訝《いぶか》しげな視線を送ってきた。

まごついている私をよそに、杉山さんはロビーにいるスーツ姿の年嵩《としかさ》の男性に声を掛けて来意を告げると、仲野泰子さんというのはどの人かと問うた。

男性は、少し離れたソファに、ただ一人、足を揃えて座り、俯き加減に自分の靴のつま先を見つめている女性を指差した。

それが仲野泰子さんだった。

彼女は私と同い年くらいか、少し年上のように見えた。上品で大人しそうな印象の女性だった。

私の視線に気付いた泰子さんが、こちらを見た。お互いの視線が交錯し、泰子さんは私が何者であるのかを察したのか、ソファから立ち上がると、私に向かって会釈した。

「和……淳美先生ですね」

そちらの方に歩いて行った私に、泰子さんはそう言った。

「まさか、本当に来ていただけるとは」

泰子さんは感極まったようにぼろぼろと大粒の涙を瞳から零《こぼ》した。

何事が起こったのかと、ロビーにいる人たちの視線が、背中に集まってくるのが感じられた。仕事をサボる口実くらいの軽い気持ちだった私は、自分の浅はかさに、忸《じく》怩《じ》たる気分に駆られた。

杉山さんが傍らにやってきて、泰子さんに挨拶と励ましの言葉を掛けた。

渡そうかどうしようか少し迷ったが、私はお見舞いにと持参したイラスト入りの色紙を泰子さんに差し出した。

出がけにマジックインキを使い、数分でサッと描いた、いい加減な手抜きのイラスト入り色紙を、泰子さんはこちらが恐縮してしまうほどに、とてもありがたがり、何度も何度も私に向かって頭を下げ、お礼を言った。私はますます、申し訳ない気持ちになった。

親類以外は面会謝絶だったので、集中治療室に入っている男の子本人には会えなかった。

治療室にいる息子に、先生がお見舞いに来てくれたことを伝え、色紙を枕元に置いてきますと言って、泰子さんは病室の方に去った。

その隙に、私と杉山さんは病院から辞すことにした。

手近の人に泰子さんへの伝言を頼み、私と杉山さんは、逃げるように病院を後にした。

そう。私と仲野泰子さんが会ったのは、あの時の一度きりだった。

私は再び絵葉書を見た。

差出人の欄には、仲野泰子さんの名前と住所の他には、電話番号もメールアドレスも書かれていなかった。先日の非礼を詫びる手紙か葉書を書いて送らなければ……。

そこまで考えてから、私は不意に、その絵葉書の文面が気になった。

——生前、息子がお世話になった。

そう書くからには、息子さんはお亡くなりになったのだろう。

だが、あれから十年以上経つのに、いきなりあんな電話をしてきたり、葉書を送ってくるのは不思議に思えた。もしかしたら、仲野泰子さんの息子さんは、最近まで生きていたのではないだろうか。

これ以上、頭を働かせる気にもならず、ネームは夜にでもやることにして、私は仮眠を取ることにした。インターフォンを使って、下で仕事中の真希ちゃんにそのことを伝えると、何だかどっと疲れが襲ってきた。簡単にシャワーを浴び、薄茶色のシルクのパジャマに着替え、リビングに戻る。

寝付きを良くするため、貰《もら》い物のブランデーに氷を浮かべて少し飲んだが、どういうわけか気持ちが張り詰めていて、さっぱり眠くならなかった。

私は合皮製の緑色のソファの背凭れに体を預けた。

室内には、午後のぼんやりとした柔らかい日射しが差し込んできている。

この家は、数年前に、思い切って建てた家だった。

仕事場と自宅を兼ねた一軒家を建てるのが、私の長年の夢だった。

私は今、漫画家としてデビューしたての頃に、夢に描いた生活をしている。

父と母が離婚してからは、ずっと母と二人きりの生活だったから、子供の頃は裕福とは言えなかった。

高校くらいはきちんと出してやりたいと、母は懸命に働いてくれたが、結局私は、そんな母の思いを裏切って高校を中退してしまった。

漫画を描くため、漫画家になるためというのが、辞めた理由だったが、本当は学校が嫌いだったのだ。

四十路《よそじ》に手が届こうかという今となっては、その頃の自分の気持ちをきちんと思い出すことも出来ないが、私はとにかく、何もかも放り出したくなっていたのだと思う。

だが、学校から逃げ出すつもりで飛び出した社会は、学校よりも遥かに退屈でつまらない世界だった。

家にお金を入れるために私は牛丼屋でアルバイトを始め、単調な毎日から逃れるために、夜は遅くまで机に齧《かじ》りついて漫画を描いた。

杉山さんと出会い、「別冊パンジー」での連載が始まり、最初の単行本が出ると、少しお金に余裕が出来た。

私は母と二人暮らしのアパートを出て、少し広めのワンルームマンションを借りて一人暮らしを始めた。仕事に集中したかったのと、連載が忙しくなってきて、杉山さんを始めとする編集者や、アシスタントたちの出入りが多くなったからだ。

母はきっと寂しかったに違いないが、反対はしなかった。私の仕事が上手くいくことだけを願ってくれているようだった。

今となっては、私は家を出たことを後悔している。母を一人置いてアパートを出る必要などなかったのだ。仕事場としてワンルームを借りて、母と一緒に暮らすアパートから通えば良かった。

だが、その頃の私は浮かれていた。そして若かった。

母が胃がんを患い、入院したのは、私が家を出て二年ほど経ってからだった。

最初の手術は幸いに成功したが、それから数年の間、母は術後の影響による腸捻転《ちょうねんてん》やら何やらで、入退院を繰り返すようになった。

私の仕事の忙しさもピークに達していた。入院した母の面倒を見てくれたのは、母の若い頃からの友人の女性で、私は結局、忙しさを理由に、母の入院する代々木の大学病院には二度ほどしか見舞いに行けなかった。

そして母は、最初の手術から三年後、今度は直腸がんを発症し、帰らぬ人となった。

母と一緒に住む筈だった、自宅と仕事場とを兼ねたこの一軒家が、着工して間もなくのことだった。

結局、私は母に孝行らしい孝行は何一つも出来ず、その機会は永遠に失われた。

私は、十代の頃から漫画ばかり描いて生きてきた。

仕事が忙しくて結婚もせず、もちろん子供も産んでいない。

それはまあいいのだが、この先、ずっとこの無駄に広い家に一人で暮らし続けるのかと思うと、うんざりした気分になった。

漫画家としての自分が、今後、どうなってしまうのかはわからないが、浪費さえしなければ、とりあえず老後を過ごしていけるだけのお金は、もう稼いだ。

だが、お金だけがあっても虚《むな》しいものなのだということを、お金がなかった頃の私は想像することが出来なかった。

共に人生を過ごす人が欲しかった。

そうしたいと思った人も過去にはいた。

だが、今からでは、もうどうにもならない。

私にとって、身内といえる人は、今はもうコーマワークセンターで眠っている浩市だけになってしまった。

仕事場からのドアが開かれ、誰かがリビングに入って来る気配があった。

真希ちゃんではない筈だ。プライベートな空間には立ち入らないように言ってあるし、彼女はそういう言い付けはきちんと守る子だ。

では誰だろう。私はそちらを見た。

ドアを押し開いて部屋に入って来たのは、浩市だった。私は疲れていたから、ソファに深く背を預けたまま、浩市が正面のソファに腰を下ろすのを黙って見つめていた。

「驚かないんだな」

浩市が言った。

「何で？」

「別にコーマワークセンターを抜け出してきたわけじゃないよ」

だったら、考えられることは一つだけだ。

「気持ち悪いわ」

「そう言うなよ」

浩市は立ち上がり、リビングの隣にあるキッチンへと歩いて行った。

「ビールある？」

「冷蔵庫。下の段」

私は短くそう答える。キッチンの方で、グラスを探すがちゃがちゃという音と、そのグラスに氷を入れる音が聞こえた。

暫くすると浩市はビールの缶と、氷の入ったグラスを手に、ソファの所に戻ってきた。

テーブルの上にグラスを置くと、浩市はそれにビールを注ぎ込んだ。

「ビールに氷なんて……」

「爺さんの出身の島じゃ、みんなこうやって氷を入れて飲むらしいよ。暑すぎて、氷を入れずに置いておくと、すぐにぬるくなるらしい」

氷の入ったビールのグラスに浩市は口をつけた。

「浩市」

「何だい」

「あなた、何で飛び降り自殺なんかしたの?」

「自殺をした動機を聞いているの？ それとも何故《なにゆえ》に飛び降りという手段だったのか、という問い？」

「動機を聞いてるのよ」

「それなら、これが現実かどうか試してみたくなった……ていうのはどうだ」

飄々とした様子でそう言うと、浩市は氷の入ったビールのグラスをテーブルの上に置き、何やら上着の内側をごそごそと探り出した。

「これが何かわかる？」

浩市が取り出したのは、一丁の拳銃だった。

「これはオルトギースといって、ドイツ製の古い自動拳銃《オートマティック》だ」

弾倉《マガジン》を引き抜き、中に弾《たま》が入っていることを確認すると、それを元に戻した。

「姉さん」

拳銃を握った右手を軽く膝の上に載せたまま、浩市は私の方を見る。

「『バナナフィッシュ』は読んだことある？」

「吉田《よしだ》秋生《あきみ》の？」

私の頭に真っ先に浮かんだのは、少女漫画の名作の方だった。

「違うよ」

浩市は苦笑する。

「サリンジャーの方だ。正確なタイトルは、〝*A Perfect Day for Bananafish*〟だったかな」

貧乏揺すりのように上体を小刻みに揺らし、口元に微かな笑みを浮かべながら、浩市は言った。

「おおまかなストーリーはこうだ。……夏のリゾート地の海岸で、シーモア・グラースという軍隊帰りの男が、たまたま出会ったシビルという名の小さな女の子と、バナナフィッシュという架空の魚について語り合う。バナナフィッシュは、海の中にあるバナナのどっさり入った穴に向かって泳いで行き、その中に入ると狂ったようにバナナを食い荒らす。太ってしまったバナナフィッシュは、二度と穴の中から出られなくなる。シーモアは口から出まかせにそんな作り話をするんだ。ところがシビルはこう言い返す。『いま一匹見えたわよ』とね。すぐ近くを泳いで行ったというんだ。バナナフィッシュが」

そう言いながら、浩市は自動拳銃の遊底をいっぱいまで引き、手を離した。

私は嫌な予感がした。

「シビルが口にした言葉は、おそらくはただの子供らしい知ったかぶりだ。普通なら笑ってお終《しま》いのところだが、シーモアは愕然《がくぜん》とした様子でこう呟く」

浩市は私の方をじっと見つめて、やや芝居がかった調子でこう言った。

「『まさか』とね」

どんな顔をしたら良いのかわからず、私は歪《ゆが》んだ笑いを浩市に返した。

「その後、シーモアはホテルの部屋に戻り、拳銃で自分の頭を撃ち抜いて死ぬんだ。これと同じ、オルトギース自動拳銃でね」

ふざけた様子で、浩市は手にしている拳銃の銃口を自らのこめかみに当てた。

「この自殺の描写は唐突で、いろいろな解釈がなされているが、僕はこう思っている。シーモアは試してみたくなったんだ。これが本当に現実なのかどうか、そのことをだ。

……なあ、姉さん」

「何」

「僕たちは、いつから姉弟だったんだっけ?」

言っている意味がわからず、私はこう答えた。

「……昔から。生まれた時からよ」

「そうか。……そうだったな」

浩市は引き金を引いた。

パンという乾いた音が鳴り響き、銃口の当てられた方とは逆のこめかみから浩市の脳漿《のうしょう》と血が、緑色のソファの上に飛び散った。

力を失った浩市の体が背凭れからずり落ち、手から拳銃が床に落ちた。

シーモア・グラースが使ったのと同じ、ドイツ製のオルトギース自動拳銃。

浩市の向かい側のソファで、私は自分の膝の上に肘を突き、ずいぶんと長いこと、両手で顔を覆ったまま考えていた。

私は、一体いつからSCインターフェースで浩市とセンシングしているのか。

西湘のコーマワークセンターで眠り続けている筈の浩市が、私の家に訪ねてくるわけがない。それならば、これはSCインターフェースを通じて繋がっている、私と浩市の意識の中の風景に違いないのだ。

顔を覆っている手を離し、私は正面のソファを見た。

まるで酔い潰れたかのような体勢で、ソファから半分ずり落ちている浩市の死体が、まだそこにあった。

血は乾き始めていて、緑色の合皮のソファの上に、赤色の斑点をつくっている。テーブルの上に置かれたビールのグラスの氷が溶け、からんと音を立てた。

浩市は、こうやって自殺という形で、外部からのセンシングを一方的に拒否することが何度かあった。

方法は様々で、前のセンシングの時のように、ベランダから唐突に飛び降りることもあれば、今回のような拳銃自殺の場合もある。もっとショッキングな方法を使うこともあった。現実のものではないとわかっていても、それは大きな精神的ダメージを私に与えた。

私と浩市のセッションを担当している榎戸という神経工学技師からは、浩市には強い自殺願望があり、もし今後、意識を取り戻すようなことがあったとしても、このままでは再び自殺を繰り返す恐れがあると言われていた。

私はソファから立ち上がった。

頭を血で真っ赤に濡らした浩市の死体は、依然として圧倒的な存在感を以《もっ》て、そこにある。

とりあえず、私はテーブルの上を片付けることにした。殆ど中身の残っているビールの缶と、水滴で濡れたグラスを手にして、キッチンに入る。

氷とビールを流しに捨て、スポンジに洗剤をつけてグラスを洗った。

洗っているうちに、自分の頬が濡れていることに気付いた。

私は泣いていた。

そのことに気が付くと、もう止めどがなくなってしまった。

泡の立つスポンジを握り、グラスを洗いながら、私は声を上げて泣き始めた。

自分が何で泣いているのかは、よくわからなかった。

鳴り続けるインターフォンの音に起こされたのは、その時だった。

私は慌ててソファから飛び起きた。

リビングの壁に掛けてあるインターフォンの受話器を手に取り、耳に当てる。

「あ、先生、すみません。お休みでしたか」

受話器の向こう側から、遠慮がちな真希ちゃんの声が聞こえた。

「ううん。ちょっと、うとうとしていただけ。原稿、上がったの」

「ええ、はい。一応」

「ちょっと待ってて。すぐに降りるから」

私は受話器を壁に掛け、リビングを見回した。どうやら、仕事場からリビングに上がって、ソファに腰掛けて休んでいるうちに眠ってしまったものらしい。

まったく不覚だ。

こんなことは本当に珍しい。

若い頃は一日や二日の徹夜など全然平気だったのだ。やはり年齢のせいだろうか。

それにしても、いやに現実的な夢だった。

これではどちらが夢でどちらが現実かも判然としない。

不意に私は、『胡蝶《こちょう》の夢』の話を思い出した。

荘周《そうしゅう》という人が夢の中で蝶になったが、それはもしかしたら蝶が見ている荘周の夢なのかもしれないという、中国の故事だ。

SCインターフェースによるコーマワークについて、以前、杉山さんに話した時に、それはまるで『胡蝶の夢』のようだね、と杉山さんが感想を述べたのだ。

そういえば、杉山さんは、機械的コーマワークが、私の精神衛生に何か悪い影響を与えるようなことはないのか、と心配してくれていた。

浩市とSCインターフェースを使ってセンシングするようになってからは、夢見が悪くなったというか、夢を見ている時の意識に変化が起こったような気がする。ふわふわとした非現実的な夢を見ることが少なくなった。最近は、整合性のない、それでいて感覚だけは現実的な夢ばかり見るようになった。

そして、そういう夢は大抵の場合、悪夢だった。

水を一杯飲もうと、私はキッチンに向かった。

キッチンの床に、泡の立ったスポンジが落ちている。

流しには、空のビールの缶と、洗ったばかりのグラスが置いてある。

排水溝には溶けかけの氷が数片――。

「ご気分はどうですか？　和淳美さん」

不意に声が聞こえた。

「気分が落ち着くまで、ゆっくりと深呼吸を続けてください」

声は耳に取り付けられたヘッドフォンのような物から聞こえてくる。

これは誰の声だったっけ？　微睡んだ気分のまま、私は考える。

ああ、そうだ。技師の……榎戸さん……。

私は仰向けの体勢でベッドに横になっており、頭はヘッドレストで固定されていた。

視界は瞼の上に着用したアイマスクで遮られている。

頭はぼんやりとしていたが、考える必要すらなかった。私は、コーマワークセンターのセンシングルームで、SCインターフェースに繋がれている。

「すみませんでした。浩市さんが自殺の形を取った後に、すぐにセッションを終了しようと思ったんですが、少し興奮している様子だったので、落ち着くまで待ってから……」

その後も、榎戸はあれこれと言っていたが、朦朧《もうろう》としていた私は殆ど聞き流していた。

看護師たちが、私の頭からスキャンニードルを抜く感触があり、脱脂綿に染み込ませた消毒薬の匂いがした。

「SCインターフェースの《SC》とは、スティモシーバーの略です」

簡素なデザインのテーブル越しに、榎戸が言った。

狭い貸し会議室のような、コーマワークセンターのカンファレンスルーム。

床は灰色のリノリウム張りで、スチールパイプ製の椅子は、決して座り心地が良いとは言い難い。

ただ、部屋の窓は広く、外には西湘の海の風景が広がっていて、明るさと景観だけは十分だった。

もう午後も遅いせいか、日射しは夕暮れを迎える前の、一時的な強さを以て海面に照り返し、輝いている。

「スティモシーバーというのは、米国エール大学の生理学教室の教授だったホセ・デルガードという人物が、一九六〇年代に開発した世界最初の脳埋め込みチップの名称です。まあ、ブレイン・マシン・インターフェースの先駆けですね」

榎戸は先ほどから、SCインターフェースについての説明を続けている。

私がそれをお願いしたのだ。

車の運転をするのに車の構造についてよく知っている必要はないし、テレビを観るのにテレビが映る仕組みについて詳しく知っている必要はない。それと同じだとは思ったが、どうにも落ち着かなかったからだ。

「デルガード教授のこの実験は画期的でした。動物実験ではコントローラー一つで闘牛の動きを操り、てんかん患者への埋め込み実験では、脳への刺激によって様々な感情を引き出すことに成功しました。だが、この発明は当時、洗脳や思想統制に使われるのではないかという誤解から、アメリカで社会問題化しましてね。間もなくデルガード教授はアメリカ医学界を追放されてスペインに帰国し、スティモシーバーは、その存在自体がタブー視されるようになりました」

持参してきたノート型端末の画面を眺めながら、榎戸は手元のマウスホイールを動かしている。

「ところが、近年になって、脳性麻痺《まひ》やパーキンソン病などの疾患の改善に、スティモシーバーの埋め込みが効果的であることが再評価されました」

何だか覚えた科白を喋っているような、淡々として機械的な調子で榎戸は語る。おそらく、セッションに訪れる面会者たちに、何度も同じ説明を繰り返しているのだろう。

口でSCインターフェースについて語りながら、目では他の情報を追い、頭では別のことを考えているらしきことは、端で見ていても明らかだった。

榎戸が持参してきたノート型端末には、机から這《は》い出したケーブルが有線で直結している。ケーブルは、この施設の地下で稼働しているという、巨大なSCインターフェースのHPCサーバーと繋がっているのだと、つい先ほど榎戸から聞いていた。わざわざ有線でノート型端末と直結するのは、安全のため、SCインターフェースを、スタンドアローン、つまり、外部と接触のない独立した環境で扱うためだということだった。

人の精神に、直接、干渉するようなシステムなのだから、万が一にも事故があってはならず、職員たちは、この施設からノート型端末はおろか、あらゆる携帯型メモリや記憶装置の持ち出しも持ち込みも厳しく制限され、管理されていると榎戸は言っていた。

「現在、当施設を含む各国のコーマワークセンターで使用されているSCインターフェースは、デルガード教授の開発したスティモシーバーとは、その思想も原理も、技術的な方法も異なるものですが、機械的コーマワークの黎明《れいめい》期に、このスティモシーバーを利用した実験から発展して研究開発が進んだため、結果として現在も機器にその名称が残っているわけです」

榎戸の説明は続いていた。正直、私には殆ど理解出来ない言葉が続いていて、少し辟易《へきえき》していた。

部屋のドアがノックされたのは、私がだんだん、榎戸の説明にうわの空になってきた頃だった。

入ってきたのは女の人だった。

三十代の後半くらいだろうか。全体的にすらりとした印象の人で、美人ではあるが、良くも悪くも女性としての色気は感じられないタイプの人だった。

首に職員用のＩＤカードをぶら下げているから、このセンターの関係者には違いないだろうが、榎戸や他の看護師たちのように白衣は着ていなかった。

かなりラフな格好で、上は私も知っている海外のハードロックバンドのロゴが入ったＴシャツ、下はジーンズ、足元はパンプスだった。アクセサリーの類は何も身につけていない。

「まだお話の途中でしたか？」

女性は私に向かって微笑み、更に榎戸の方を見て言った。

榎戸は何も言わず、女性はテーブルを挟んだ向かい側の空いている席に腰掛けた。

「和淳美さんですね」

「はい」

私は頷いた。

「相原《あいはら》といいます」

女性は名刺をテーブルの上に置き、私の方に差し出した。

その一枚だけを用意して持参してきたのだろうが、私にはトランプマジックのように突然、彼女の手から名刺が出てきたかのように見えた。

名刺には、コーマワークセンターの職員であることを示すロゴと、相原英理子《えりこ》という彼女の名前、それから肩書きとして、精神科専門医と書かれていた。

私は顔を上げ、相原の顔を見た。彼女は微かに笑みを浮かべ、私に向かって軽くおじぎをしてみせた。

「今日のセッションについて、お話の最中だったんでしょう？　私のことは気になさらずに、どうぞ続けてください」

榎戸は少し困ったような顔をして、視線だけを動かして私と相原の顔を交互に見た。

「いや、今日のセッションの内容についてというより、ＳＣインターフェースそのものの説明をしていたんですけどね」

榎戸はそう言うと、私の方を見た。

「まだ続けますか？」

私は軽く頭を横に振った。榎戸も、私が途中からあまり説明を聞いていないことに気付いていたのだろう。

「相原先生は、この施設で、意識障害に至るまでの原因に問題のあった患者さんのカウンセリングなどを行っています」

何となく言葉を濁すような感じで榎戸が言った。原因に問題があった、というのは、浩市の場合は、自殺未遂のことを指すのだろう。

「カウンセリングというと、やはり……」

「はい。ＳＣインターフェースを使用して浩市さんの意識にセンシングし、その上で行っています」

私は頷いた。それ以外に方法があるわけがない。

「もっとも、浩市さんとは、やっとセンシングが可能になった段階です。踏み込んだコミュニケーションは、まだ取れていない状態ですね」

そう言って相原は笑ってみせた。身内や、親しかった友人知人でなければ、ＳＣインターフェースによるセンシングは、そのセッション自体がなかなか成り立たない場合が多い。私は以前にそう聞いていた。

センシングにもいくつかの段階があり、私と浩市の場合のように、まるで実際に会っているかのような現実感を伴う形で成立する場合もあるし、もっと深いレベル、例えば人格の垣根を越えて、魂が一つに融合したかのようにお互いを理解したり、暗い海溝に沈んでいくかのように、お互いの古い記憶や内的な深淵《しんえん》に達するような、宗教的な恍惚《こうこつ》感を伴ったセンシングが成立する場合もあるのだという。

その一方で、とうとうセンシングが成立しなかったり、したとしても、喜怒哀楽のような単純な感情がお互いに感じられるだけで終わってしまう場合もある。

それは殆ど、センシングを行う当事者同士の相性か、またはセンシングを受け入れる側の感情の問題でそうなるのだという。

「そこで、先日、お許しを得たので、和淳美さん、あなたと浩市さんのセンシングの記録に、SCインターフェースでアクセスさせていただきました」

浩市のセンシングの記録に、治療に関係する第三者がアクセスすることに関しては、すでに承諾していた。

そうでなくとも、セッションを担当する神経工学技師——私と浩市の場合は榎戸が担当しているわけだが——は、その内容について、かなり詳しく把握している筈だった。

それに、私と浩市の関係について、見られたり知られたりして困るようなことは、何一つない。

「カウンセリングを通じて、私は和浩市さんの自殺の原因を探ろうと思っています」

相原が言った。

「ご協力願えますか」

否《いや》も応もない。私は頷いた。

「では、和淳美さん。浩市さんの姉である、あなたからお聞きしたいことがいくつかあります」

「はあ」

前屈《まえかが》みで、じっと私の目を見て話し掛けてくる相原から視線を逸《そ》らし、私は机の上で軽く組んだ自分の手を見た。

何となく、居心地の悪い気分だった。どうしてそんな気分になったのかはわからないが、まるで尋問を受けているような気分だった。

「浩市さんとあなたのセンシングの最中に、頻繁に現れるイメージがありますよね」

そう言われても、私には何のことかわからなかった。

「海の……あれは、潮だまりっていうのかしら。そこに突き立っている、先端に赤い布が括り付けられた竹竿……」

「ああ」

「あれは何なんです」

「あれは……」

その風景を思い浮かべながら、私は答えた。

「ここは危険だから近づくなっていう意味です」

相原の右の目尻が興味深げに少し動いた。

「どういうことですか？」

「母方の実家が、奄美諸島の方にある小さな島で、子供の頃、そこに家族で旅行に行ったことがあるんですけど……」

時々相槌《あいづち》を打ちながら、相原は私の話を聞いている。

「魚毒漁っていうのかしら。引き潮になった後、潮だまりに毒を流して魚を捕る方法があるんです。昔はイジュっていう樹の皮をすり潰して毒として使っていたらしいですけど、私や浩市が島を訪れた時は、青酸カリを使っていました」

「ああ、それで」

「もちろん、魚毒に使うわけですから、人体に影響のないように何百倍にも薄めて使っていたんでしょうけど、青酸カリは猛毒ですから、一応、ここで毒を使ったぞっていう目印として……」

「先端に赤い布を括り付けた竹竿を立てていたわけですか」

私は頷いた。ちらりと榎戸の方を見ると、興味なげに、またノート型端末の画面を眺めている。

「そういえば、浩市は、その磯浜で溺れたことがあって……」

相原はじっと私の顔を見ている。

「関係ないですか、そんな話」

「いいえ。そんなことはありません。続けてください」

相原に促され、私は、考え考え、その島であったことを思い出してみることにした。

「満ち潮になると、磯浜に海の水が入り込んで来て、竹竿も自然に倒れて沖に流されて行くんです。私と浩市は、二人で磯遊びをしていました。波間に漂っている竹竿を見つけて、浩市は、それを取ろうと磯浜を沖に向かって追いかけて行きました。ほんの二、三分の間のことだったと思うんですけど、大人たちは釣りに夢中で、全然気が付かなかった」

「それで?」

「浩市は、その赤い布がついた竹竿が欲しくて手を伸ばしたんだと思います。自然のままの磯浜ですから、崖みたいに急に深くなっているんですよ。不意に大きな波が来て、浩市は足を取られ、沖に向かって流されそうになりました。私はこう、手を伸ばして……」

私は自分の手を見つめた。

このことを思い出すのはいつ以来だろう。

あの生暖かい水の感触。

午後の強い日射し。

潮の香り。

青く透明な海。

「……弟の手を握りました。でも、波の力は強くて、私も一緒に沖に流されそうになりました。助けてくれたのは、いち早く異変に気づいた母で、助け上げられるまで、私と浩市は、波に洗われて泣き叫びながら、ずっと強く手を握り合っていたんです」

「それは、お二人が、だいたい何歳頃の話なんですか」

「私が小学校の二、三年くらいだったから、弟は小学校に入るか入らないかの年齢だったと思います」

「すると、三十年ほど前の話ですね」

「大人たちに助けられた後、ふと見た海の向こう側に、赤い布が流れていくのが見えました。南の島の話ですから、ひどく澄み切ったブルーの海に、赤色が映えている光景は、何だか夢の中の風景のようで、今でも鮮烈に覚えていて……」

あの時、握っていた弟の小さな手の感触は、確かに、今でも私の手の平に残っている。小さな子供の、柔らかな手。短い指。親指の付け根のふっくらとした様子。私の手を握り返してくる、頼りなく弱い子供の握力。

「その話、それで終わりですか」

私は顔を上げた。同時に、私の手の平にあった幼い頃の浩市の手の感触もどこかに消え去った。

「どういう意味です」

「いえ、何となく、続きがありそうな話だったので……」

相原は微かに首を傾《かし》げて笑ってみせた。

少し考えてみたが、私にとっては、その話はそこで終わりだった。助け上げられた後、私や浩市がどうしたのか、まったく覚えがない。

「その後、その島に行ったことは」

「ああ、一度も行ってません」

「どうしてです。何か理由でも?」

「特に理由は……思いついてすぐに行けるような所でもないですし、機会もなかったものですから」

それに、私の両親は旅行のすぐ後に離婚してしまい、私は母と暮らすことになったから、家族で島に行く機会は、あれ以来、とうとう訪れなかったのだ。

私は瞼を閉じ、猫家の風景をその裏側に思い浮かべた。

白い漆喰《しっくい》で固められた、赤瓦葺きの母屋の屋根。

晴彦伯父さんが、三人いる娘たちのために建てた、平屋の文化住宅。

それらの建物の裏側には防風林があって、納屋の傍らには大きなガジュマルの木があった。

そういえば、あの日、晴彦伯父さんに連れられて釣りに出掛ける前、捕虫網を手に浩市と一緒に虫捕りをしていた私は、翅《はね》に鮮やかなブルーの模様が入った南国の蝶を追い掛けて、ガジュマルの木の前で、目の悪かった私の曽祖母が、一人佇《たたず》んでいるのを見つけた。

曽祖母は、その時、すでに齢《よわい》九十を超えていた筈だ。私の祖母や晴彦伯父さんを産んだその人は、誰もいないガジュマルの木の根元に向かって、何か話し掛けていた。

私は不思議に思い、曽祖母に声を掛けた。

そんなとりとめもない記憶を、私は思い出すままに相原に向かって喋ったが、話している私自身、それらのことが、現在の浩市の状況や、自殺の原因と、何らかの関わりを持っているようには、とても思えなかった。

「曽祖母は、ガジュマルの木の下に、マブイが立っているのを見たのだと言ってました」

相原の話術に上手く引き出されたのか、私はそのことを、本当に何十年ぶりに思い出した。

「マブイって何です」

相原が怪訝《けげん》そうな顔をした。

黙ってノート型端末に向かい、記録を取っていた榎戸も、手を止め、同じような表情で私を見た。

「島の言葉なんですけど……」

それを説明するのに適当な言葉が思い浮かばず、私は思わず考え込んでしまった。

「生きている人の魂のことをいうんです。でも、体から飛び出したり、抜け落ちたりすることもあって、それから……」

「それから？」

「戻れなくなって彷徨うことも……」

私がそう言うと、相原と榎戸は、お互いに顔を見合わせた。

4

「浩市とセンシングしたい？」

私が驚いて裏返った声を出すと、チーク材のテーブルの向こう側に座った仲野泰子さんは、ゆっくりと頷いた。

私は、井の頭《いがしら》公園の近くにある喫茶店で、仲野泰子さんと会っていた。

彼女から電話があったのは一昨日《おととい》だった。

先日、送られてきた絵葉書に書かれていた住所に、私は手紙を書き、いつでも連絡してきて欲しいと書き添えた。一週間ほどの間は何の音沙汰もなかったが、一昨日の夜、仕事をしている最中に電話が掛かってきた。

最初に出た真希ちゃんの手から、私は慌ててコードレスフォンの子機を奪うと、電話口で先日の非礼を詫びた。私のその態度には、泰子さんの方が驚いている様子だった。

「息子の由多加《ゆたか》も、ついこの間まで、西湘のコーマワークセンターに入院していました」

泰子さんは手元のグラスに入ったジンジャーエールを、所在なげにストローの先で掻き回している。

俯き加減になった泰子さんの顔を、私はじっと見つめた。久々に見る彼女は、私の記憶の中の彼女と、だいぶ印象が変わっていた。

見た目とか髪型とか、そういう意味ではなく、全体を包む雰囲気というか、そういったものが違っていた。そして、不思議なことだが、最近もどこかで会っていたかのような、親しさというか気やすさのようなものも、彼女からは感じられた。

それは泰子さんの方も同様のようで、ずっと以前に、それもたった一度会ったきりだというのに、こうやって話していても、あまり緊張を感じない。何だか妙な感覚だった。

「由多加くんも？」

「ええ」

由多加くんとは、仲野泰子さんの息子さん、つまり、以前に自殺未遂を起こした、私の漫画のファンだった男の子のことだ。

泰子さんから聞くまで、私は完全にその名前を失念していた。

あんなに熱心に、私の漫画の感想や、キャラクターを模写したイラストの入ったファンレターを何通も貰ったというのに、私という人間は何と薄情なのだろうか。

由多加くんは、飛び降り自殺を試み、頭を強く打って意識不明の重体に陥った後、何とか一命はとりとめたが、浩市と同様の遷延性意識障害で、ほぼ植物状態の日々が続いていたらしい。泰子さんは、私の漫画の新刊が出る度に、それを購入し、そんな状態の由多加くんの枕元に置いてあげたのだと言った。

私は穴があったら入りたいような気分になった。

だが、その仲野由多加くんが、浩市と同じ西湘のコーマワークセンターに入院していたというのは、私にとっては初耳だった。

泰子さんも、つい最近、知ったのだという。

由多加くんは、もう一年近くも前に、眠ったままの状態で息を引きとったということだったが、泰子さんがつい二、三か月前、たまたまついでがあって、由多加くんが生前にお世話になった医師や技師、看護師らに挨拶するつもりで立ち寄った時、私の、つまり少女漫画家である和淳美の弟が、コーマワークセンターに入院していることを、看護師から聞いて知ったのだということだった。

　私は直感的に、この間、コーマワークセンターに行った時、センシングルームへと向かう私を案内する途中で話し掛けてきた、若い女の看護師のことを思い出した。きっとあの看護師が喋ったのに違いない。

「でも、だからといって、何で泰子さんが浩市とセンシングを？」

　それが不思議だった。泰子さんがそれを求める理由がわからない。

「浩市のこと、ご存じなんですか」

「ええ、たぶん」

　曖昧な笑みを泰子さんは浮かべた。

「たぶんって、どういうことです」

「変に思わないでくださいね」

　泰子さんは、そう前置きして話し始めた。

「由多加との……息子とのセンシングの最中、おそらく私は何度か和浩市さんとお会いしていると思うんです」

「え？　でも、それは……」

　言っていることの意味がわからず、私は思わず声を上げた。

「最初は私も、変だとは思いませんでした」

私に口を挟ませず、泰子さんが続ける。

「由多加は、淳美さん、あなたの漫画の大ファンでした。だから、由多加の意識の中に現れる和浩市という人物も、由多加が自分で作り出した内面のない人格……フィロソフィカル・ゾンビでしたっけ。それだとばかり思っていました。和淳美さんの近しい身内の人と仲良くなったという、由多加の妄想だとばかり……」

フィロソフィカル・ゾンビというのは、元々は哲学用語らしいが、機械的コーマワークのジャンルでは、表面的には人間と変わりなく、感情を有しているように見える、内面を持たない意識の中の存在のことを指す。

平たく言えば、SCインターフェースを通じてセンシングしている当事者たちや、それをモニタリングしている医師や技師などの、実際に存在し、人格を有している者たち以外の、意識の中での登場人物のことをそう呼ぶ。

センシング中は、この区別がなかなかつきづらい。センシング中の人物が、現実の自分とまったく同じ姿で現れるとは限らず、『胡蝶の夢』の話ではないが、それこそ一匹の虫の形をして現れることすらあり得るのだ。

だから、例えば浩市とのセンシング中に、浩市の姿をした人物が現れたとして、それが本当に浩市か、浩市の姿をした他者か、または浩市の姿をしているだけの内面を持たないフィロソフィカル・ゾンビなのかは、客観的には判断出来ない。本当のところは浩市の姿をしている本人にしかわからないのだ。

「私が愕然としたのは、実際に和浩市さんという名前の患者さんが、同じコーマワークセンターに入院しているということを知った時です。由多加も、それに浩市さんも、入院した時には、すでに遷延性意識障害の状態でした。たとえベッドを横に並べて眠っていたのだとしても、お互いに面識があった筈がありません。それに……」

「それに？」

「念のために確認しましたが、コーマワークセンターでは患者同士のセンシングは、一切行っていない筈なんです」

「じゃあ、一体……」

「わかりません。だから私は、浩市さんとセンシングして確かめてみたいんです」

何と答えたら良いかわからず、私はテーブルの上のコーヒーが入ったカップに目を落とした。まだひと口も飲んでいないが、すっかり冷めてしまっているようだった。

「私、調べてみたんです」

「何をです」

「SCインターフェースと、それを利用した機械的コーマワーク、つまりセンシングについて、海外の文献とか、インターネットのサイトとか、いろいろと……。淳美さんは、ポゼッションという現象を知っていますか」

「ポゼ……何です？」

「ポゼッション。日本語に訳すと……そうですね、憑依《ひょうい》ってところかしら」

「憑依っていうと、コレのことですか？」

両手を胸の前でだらんと垂らし、私は幽霊のポーズを取ってみせた。

「ええ、まあ。表現として適切なのかどうかはわかりませんけど……」

私のその格好に、泰子さんは微かに口元に笑みを浮かべた。

「国内では今のところないみたいですけど、海外のコーマワークセンターなどでは、昏睡状態にある患者が、寝たきりのまま、センターやその職員などに対してプライバシー侵害の訴訟を起こすなどの事例がすでに起こっているみたいなんです」

それは初めて聞く話だった。

「どういうことです」

「誰かがずっと、自分のことを覗き見しているとか、何者かが自分の意識の中に勝手に入り込んで来ているなんてことを、患者が言い出すんだそうです」

「それが、ポゼッションですか」

「ええ。でも、それについては研究者の間では、長年の昏睡状態でのセンシングにより、現実と非現実の認識力が低下したことによる、精神症状の一種だと考えられているみたいです」

ありそうな話ではあった。ずっとベッドの上に寝たままで、経験的なものが全てSCインターフェースによるセンシングに依存していたら、そのうち、自分がベッドの上で寝たままだということすら忘れてしまう事態が起こるかもしれない。

「でも、私は由多加の場合は違うと思っています」

少しの間を置いて、泰子さんは再びじっと私の方を見つめて言った。

「つまり、精神的な問題ではなく、実際に由多加くんと浩市の間で、えーと、ポゼッションですか？　それが起こったとお考えなんですか」

泰子さんは小さく頷いた。私は腕を組み、喫茶店の椅子に体を預けて小さく呻《うめ》いた。

それはもう、完全にオカルトの領域の話に私には思えた。

「今のお話、コーマワークセンターの医師や関係者には？」

「もちろん、してみました。でも全然取り合ってくれなくて……。そんなことは絶対にあり得ないって否定されました」

「そうですか」

私は内心、ほっとした。泰子さんには悪いが、SCインターフェースなどの機械も使わず、人と人の意識が勝手に交錯するような現象が起こるとは私には思えなかった。きっと泰子さんは、亡くなった由多加くんの意識が、どこかにまだ存在していると信じたいのだろう。それで、《憑依《ポゼッション》》などという馬鹿《ばか》げた考え方に心を委ねてしまっているのだ。

そう思うと、私は泰子さんが哀れに感じられてきた。

がっかりさせるだけかもしれないが、浩市とセンシングすることで彼女の気が晴れるなら、許しても良いのではないかと私は思った。

浩市の身内は私だけだから、私が応と言えば、セッションそのものは成立する筈だ。ただし、センシング自体が成立するかどうかは、浩市と泰子さんの相性や、浩市自身に泰子さんからのセンシングを受け入れる意思があるかどうかに大きく影響される。

「海外の人権団体や宗教関係者が、SCインターフェースを使った機械的コーマワークに対して、批判的な運動を起こしているのは知っていますか」

それも初めて聞く話だった。私は首を横に振る。

「ポゼッションの件もそうですけど、SCインターフェースによる昏睡患者へのセンシングは、それを行う者に、深刻な精神的ダメージを与える疑いもあるそうです」

まるで顔色を観察するかのように、泰子さんは私を見つめた。

「そんな……」

「コーマワークセンターの人たちに言わせると、そんなものはSCインターフェースによる機械的コーマワークに反対する人たちが、科学的な根拠もなくマスコミを煽《あお》り立てているだけなんだそうです。そもそも、SCインターフェースの元になったスティモシーバー自体が、かつて社会的に大きな反感を買い、最近まで存在をタブー視されていたものだから、誤解が多いとか何とか……」

そう言って泰子さんはストローに口をつけた。グラスから、泰子さんの口の中に消えていく黄金色の液体を、私はぼんやりと見つめる。

「お願いします」

グラスの中が氷だけになると、泰子さんは改まった様子で私の方を見つめ、テーブルごしに私に向かって深く頭を下げた。

「浩市さんとセンシングさせてください」

仲野泰子さんと別れ、喫茶店の外に出ると、私は止めてあった自転車の鍵を外し、自宅兼仕事場に戻るため、自転車を押して井の頭公園の中に入った。

道路をぐるりと回って行くよりも、公園を横切って行った方が近道なのだ。

正直、気分は重く、憂鬱だった。

泰子さんには、少し考えてから返事をさせてもらいます、と言っておいたが、あの様子では、断ったとしても、いずれまたお願いしてくるに違いない。

一応、浩市本人にも、仲野泰子さんというセンシングを受ける気があるか聞いてみるべきだ。泰子さんの言う、ポゼッションなどということがあったとは思えないから、浩市に聞いても、それは一体どこの誰だと言われるのがオチだろうけれど。

まっすぐ帰る気にもならず、私は気分転換に、少し井の頭公園を散歩してから帰ることにした。真希ちゃんがそろそろ出勤してくる時間だが、彼女には仕事場の鍵は渡してあるから心配はない。

野外ステージの辺りには、サキソフォンを練習している人がいて、その音色はあまりに酷《ひど》く、やかましくて、私はベンチに座る気になれなかった。

都知事認定の看板を掲げた大道芸人が、たくさんの子供たちや親子連れを集めて、畳一帖《じょう》分ほどの大きさの巨大な紙芝居を披露していた。

拙《つたな》い絵の描かれた紙芝居のボードには穴が開いていて、何かと思っていたら、けっこうな歳を食ったその芸人さんが、自分の顔を突っ込んで、紙芝居の中の登場人物を自ら演じている。

私も足を止め、前の方で膝を抱えて座っている子供たちや、お父さんに肩車された小さな子たちの後ろから、その滑稽な芸を眺め、子供たちと一緒になって少し笑った。するど、ほんのちょっとだけ気分が晴れた。

池に面したベンチの一つを選んで自転車を止め、私は水の上に浮かぶスワンボートや、泳いで行く水鳥たちの群れを眺めながら、腰掛けた。

ポケットからキャスターの箱を取り出し、一本銜《くわ》えて火をつけると、じっくり時間をかけて灰にする。

一時期は杉山さんに負けないくらいのヘビースモーカーだったが、最近は、やっと一日数本にまで減らした。その数本が、なかなかやめられない。

ニコチンで気持ちが落ち着くと、私はバッグからカヴァーの掛かった文庫本を取り出して開いた。

サリンジャーの『ナイン・ストーリーズ』だった。

バナナフィッシュの話が収録された短編集だ。

若い頃は、杉山さんに勧められるままに、あれこれと小説も読んだものだが、最近はさっぱりだった。サリンジャーも、読むのはたぶん、初めてだ。

泰子さんとの待ち合わせに向かう途中、時間があったので吉祥寺《きちじょうじ》の駅近くにある書店で買い求めたものだった。

表紙を繰り、カヴァー袖のプロフィールを見て、サリンジャーが、もう随分と前に亡くなっていたのだということを、私は初めて知った。

二メートルを超える目隠しの壁で囲まれた、ニューハンプシャー州の自宅で、サリンジャーは老衰によって死亡した。

私は本を開いた。

サリンジャーが暮らしていた現実は、彼にとって、本当に本物の現実といえたのだろうか。

不意に私はそんなことを思い浮かべた。

では、それが現実でなかったとして、彼は今、一体どこにいるのだろうか。

5

仕事場の壁のガラスブロック越しに、柔らかな外の光が差し込んできている。

単行本に収録する原稿の修正や描き直しのため、私は久々にペンを握った。急《せ》かされている原稿ではないので、ペンを動かす手の動きも、のんびりとしたものだ。

離れた席では、真希ちゃんが、主に背景や効果を中心に、指定されたところの修正に勤《いそ》しんでいる。


お昼過ぎまで井の頭公園で読書をして過ごし、帰ってきてから仕事に取り掛かったが、肝心の単行本用に書き下ろすページは、まだネームも出来ていなかった。

特に締め切りを設定されているわけではないが、いつまでも引っ張り続けるわけにもいかない。年内には単行本の最終巻を出さなければならないだろう。

差し替えるコマの人物の輪郭をペンでなぞっている私の耳に、真希ちゃんの鼻歌が聞こえてきた。聞き覚えのある曲で、たぶん何かのアニメのテーマソングだ。

「何かいいことでもあった?」

仕事中に真希ちゃんがこんな態度を取るのは珍しい。何か、余程良いことがあったに違いない。

真希ちゃんは私の方を見ると、口元をほころばせ、妙な笑顔を浮かべて笑った。

「実はですねえ」

よくぞ聞いてくれたという様子で口を開く。

「先生に、この間、見てもらったネーム、通ったんです」

「えっ、本当」

確かに一週間ほど前、真希ちゃんが読み切りのネームを持ってきたので、それを読み、いろいろとアドバイスはした。

その作品は力作だった。

だが、最大の欠点は、力作すぎて新人が持ち込み用に描くネームとしてはページ数が多すぎることだった。削るところも殆どなく、内容はとても良いのだが、編集会議などは通りにくいだろうな、と私は思っていたのだ。

「枚数が多すぎて本誌は無理だけど、増刊の方に前後編で二回に分けて掲載して、反応次第では本誌での連載も考えるって」

「チャンスじゃないの」

そこまで具体的な話になっているということは、担当レベルではなく編集会議でもネームが通ったということだろう。

年に四回発行される増刊に、新人の数十枚に亘る原稿を前後編で一挙掲載しようなどということは、異例中の異例だった。それだけ期待されているということだ。

「先生も確か、増刊に長編が一挙掲載されて、それがデビュー作になったんですよね」

私は頷いた。私の時も同じパターンだった。

力を入れすぎて異様に長くなった、掲載の当てのない私の原稿を、どこも削る必要はないと言ってくれたのは杉山さんだった。

その作品を世に出すために、杉山さんは当時の編集長と殆ど摑《つか》み合いになりそうなほどに強硬に編集会議で推し、杉山さん自身も進退を賭けて掲載されたその作品が、私の初めての連載作品となり、ヒットとなった。

私は少し声を低くして言った。

「とっておきのアイデアは本誌での連載が決まってから、なんて思っていたら、そのアイデアを出す機会が来ないわよ」

「わかっています」

真希ちゃんは真剣な面持ちで深く頷いた。

「それから……」

続けて私は言った。

「真希ちゃんが超売れっ子になったら、今度は私をチーフアシスタントに使いなさいよ。私はほら、落ち目だから」

「ええー？」

わざと大袈裟《おおげさ》に驚いたようなふりをして真希ちゃんが言う。

「でも先生は、ベタフラも点描も出来ないから、アシスタント向きじゃないですよ」

「こら！」

「すみませーん！」

お互いに声を上げて笑った。真希ちゃんが、こんなふうに冗談を返してくるのも、本当に珍しいことだった。私は何だか自分のことのように気持ちが浮き立ち、興奮していた。

「そうだ」

不意に思い付いて、私は声を上げた。

「連載終了の打ち上げと、真希ちゃんの作品掲載のお祝い、一緒にやろうか」

「え？」

「ホームパーティなんかいいんじゃない？」

それは降って湧いたような思い付きだった。

ホームパーティなんて自分でやったこともなければ呼ばれたことすらない。

そんな発想自体がなかった。第一、私の柄ではない。

だが、それはとても素敵な思い付きに私には思えた。

がらんとした、いつもは人気のない二階の自宅リビングに、料理やお酒を並べて、親しい人たちを一堂に集めて賑《にぎ》やかにパーティを開く。それは、この家を建てようと思った時に、私が思い描いた、理想の姿のように思えた。

考え始めると、いてもたってもいられず、私はその思い付きを沢野に伝えることにした。連載の打ち上げの幹事は沢野にやらせる予定で、都合の良い日が決まったら連絡するように言われていたのだ。

コードレスフォンの子機が見あたらず、私はそれを探して半地下の仕事場から、二階の自宅リビングへと続く階段を上がった。ドアを押し開くと、電話の呼び出し音が鳴っているのが耳に入った。

いつもなら、下の仕事場にいる真希ちゃんを呼んで、かわりに出てもらうところなのだが、何だか胸騒ぎがして、私はリビングのテーブルの端に置いてある子機を手にすると、受話ボタンを押した。

一体誰だろう。もし沢野だったら、この上なく素晴らしいタイミングなのだが。

「もしもし」

しかし、電話の向こう側からは、何も返事はなかった。

「もしもし」

もう一度、私がそう言っても、聞こえてくるのは波の音を思わせる静かなノイズの音だけだった。

私は何だか眩暈《めまい》のようなものを感じ、その場にしゃがみ込んだ。

受話器の向こう側から聞こえてくるのは、依然として波音のようなノイズだけである。

だが、無言でそこにいる相手の気配は、私をその場に座り込ませてしまうほどの色濃さで、こちらに伝わってきた。

「……浩市？」

電話口に向かって私は言った。そんな思いが浮かんできたのは、仲野泰子さんから、《憑依《ポゼッション》》なんて話を聞かされたからかもしれない。

私は手の平で瞼を覆い、緩やかな強弱をもって耳に入ってくるノイズを聞いた。やがてそれは、本当の波の音のように感じられてきた。

いや、そもそもこれは、電話回線のノイズ音ではなく、本当に波の音なのではないだろうか。このコードレスフォンは、あの夏の日に繋がっているのではないだろうか。

浩市が波にさらわれて溺れた、サンゴ礁の磯浜、夏の海に。

私の頭の中に、広い磯浜の一角に立つ、先端に赤い布を括り付けた竹竿の光景が思い出された。

その向こう側には、鮮やかな南国の青い海が広がっている。

水平線と入道雲、そして強い午後の太陽光。

お気に入りの赤い野球帽を被った、ランニング姿の幼い浩市の姿。

満潮時に入り、少しずつ水嵩を増してくる海水。

波はやがて、白い泡を立てて磯浜に入り込み、赤い布を括り付けた竹竿は倒れ、黒くて足の細いヒトデが貼り付いた岩の上を漂い始める。

大人たちは釣りに夢中で、少し離れた入り江の方で、並んで釣り糸を垂れている。

浩市が、起伏のある磯の上を、引き波にさらわれようとする竹竿を追い掛けて、よろよろとした足取りで歩き始めた。

可愛《かわい》らしいフレアスカートの付いた、黄色いワンピースの水着を着た、まだ小さな私は、その様子をぼんやりと眺めている。

ああ、あっちはお父さんとお母さんが行っちゃいけないと言っていた方向だ。急に深くなっているところだ。

浩市は、何が面白いのか、ケタケタと笑い声を上げながら竹竿の後を付いて行く。

私は手にしていたバケツと玉網を放り出し、浩市を連れ戻すために、そちらへと向かった。浩市を向こうに行かせては、私がお父さんとお母さんに怒られる……。

「だめ！　そっちへ行ってはだめ、浩市！」

気が付くと、私は電話口に向かってそう叫んでいた。

電話が切れ、後には、ツー、ツーという無機質な電子音が聞こえてくる。

――ここは危険な場所だから、近づくなっていう意味です。

先日、コーマワークセンターで、浩市とのセンシングの際に頻繁に現れる《赤い布を括り付けた竹竿》のイメージについて、医師である相原に聞かれ、私自身が答えた言葉が思い出された。

私はコードレスフォンのボタンを押し、通話を切った。

そして、床に座り込み、大きな溜《た》め息をついた。

このところの私はどうもおかしい。

漫画を描いて暮らすというのが、長いこと私にとっての当たり前の生活だった。

何年もの間、変化のなかった生活に、まるで亀裂が入るかのように起こった連載打ち切りという事実が、自分で思っている以上に、精神的に堪《こた》えているのかもしれない。

仕事以外のことでも些末《さまつ》な悩みが増えた。仲野泰子さんのこともそうだし、コーマワークセンターで新しく浩市の担当になった、相原とかいう医師のこともそうだった。実を言うと、私は億劫《おっくう》だった。

浩市の自殺未遂の原因について探ってみようという気は、私にはなかった。それは浩市の問題だし、浩市は死んだわけではない。遷延性意識障害という重度の寝たきり状態ではあるが、SCインターフェースを通じて意思の疎通も可能だし、私が浩市の心の傷をわざわざ探り出し覗き込む必要はない。そう考えていた。

私は、その問題から目を逸らし続けていたかったのだ。

だが、周りはそれを許してくれそうになかった。浩市はセンシングの最中に、頻繁に自殺のイメージをこちらに送ってくるし、あの相原という女性精神科医は、浩市の自殺未遂の原因を探ることに、とても積極的なように見えた。

医師の立場からすれば、浩市を昏睡状態から復活させ、社会復帰させるのが目的だろうから、当たり前なのだろうが、まるで私に浩市のために率先して働けとけしかけているようで、何だか憂鬱な気分ではあった。

深い眠りから無理やり叩き起こされた時のような、疲労感と不快感があった。

気を取り直し、手にしているコードレスフォンで沢野の携帯電話を呼び出した。

沢野の、間延びした面倒くさそうな声が、無性に聞きたかった。

だが、いくら呼び出し音を鳴らしても、沢野は電話に出なかった。

いつもなら、会議中だったとしても、すぐ出るのに。

溜め息とともに私は電話を切った。どこにも繋がっていない番号に掛けているような、妙に虚しい気分に駆られたからだ。

私は誰もいないリビングを見回した。そして、きっと楽しくなるであろう、ホームパーティの様子を、その光景に重ね合わせて想像してみた。

ソファは真ん中にあると邪魔だから、全部壁に寄せてくっつけてしまおう。

テーブルは一つでは足りないから、どうするか考えなくては。

キャンプ用の簡易組み立てテーブルみたいなものを買っておいた方がいいだろうか。

それとも、下の仕事場にある机を二階に運んだ方がいいかな？

料理は何がいいだろう。宅配のピザや寿司ばかりではつまらないから、何品かは手作りして用意したいな。

私はあまり料理は得意ではないけれど、真希ちゃんはどうなんだろうか。

そこまで手伝わせたら悪いかな。

お酒は、貰い物の洋酒やワインがあるから、それを開けてしまおう。

用意しておいた方がいいのはビールと……。

どれくらい買っておこうか。招待する人数にもよるかな。

私は、ホームパーティに参加した人たちで賑わうリビングの姿を想像した。

その中には、真希ちゃんや沢野の姿もある。

それから杉山さんの姿も。

私はソファから立ち上がり、杉山さんの傍らに向かって歩いて行く。

杉山さんはチャコールグレイのスーツを着ている。相変わらずネクタイの趣味は悪かった。きっと奥さんの見立てだろう。

髪の毛には、若い頃にはなかった白髪が、かなり目立つようになっていた。四十路を過ぎてから生やし始めた髭《ひげ》にも、同じようにかなり白いものが混じっている。

ああ、杉山さんもすっかり歳を取ったのだな、と私は思った。

私も、もう若くはない。

缶ビールを片手に、杉山さんは見知らぬ男と談笑していた。

男は私に背を向けており、パーティグッズの、銀紙で出来た三角帽を被っている。

やはり缶ビールを手にしていて、声を上げて笑っていた。

声を掛けるのを躊躇《ためら》っている私に、杉山さんの方が先に気付いた。

「やあ、淳美ちゃん」

杉山さんは、私のことを先生などとは呼ばず、新人の頃からずっと、そう呼んでくれた。

返事をしようと私が口を開いた時、三角帽子の男がこちらを向いた。

私は言葉を失った。

「弟さん、退院したんだね。いつ？　全然知らなかったよ」

笑いながら、杉山さんは三角帽子の男の肩を叩いた。

「浩市……」

三角帽子を被った浩市は、顔に苦笑いを浮かべてみせた。

「姉さん、ここは危険な場所だから、近づくな」

途端に周囲の風景が掻き消え、立ち尽くしている私の足首の辺りを、激しい引き波がザーッと白い泡を立てながら沖に向かって流れていった。

その勢いに私はよろけ、視線の先に、よろよろとした頼りない足取りの浩市が、波間に漂っている赤い布を括り付けた竹竿に手を伸ばす姿が映った。

ああ、ダメだ。

その先は海が深くなっている。

小さな浩市が、不意に水の中に肩まで沈み込んだ。

怒られる。

そう思って、黄色いワンピースの水着を着た、幼い姿のままの私は、大人たちに気付かれないよう、声を出さずに浩市の方へと走り出した。

浩市を助けなければ。

浩市。

浩市……。

テーブルの上に置きっぱなしのコードレスフォンの子機が鳴り続けているのに気付いたのは、その時だった。

私は慌てて飛び起き、子機を摑んで受話ボタンを押した。

電話の向こうからは、聞き慣れた、間延びして面倒くさそうな沢野の声が聞こえてきた。

「ああ、先生。すみません。さっき電話くれました?」

私は指で目頭を強く押さえ、二、三度、頭を左右に振った。

またか。

本当に、最近の私はどうかしている。

6

暖かい日射しが差し込むコーマワークセンターのカンファレンスルームで、私は机を挟んで相原と対峙していた。

「……そもそも昏睡《コーマ》ワークとは、プロセス指向心理学の実践的かつ臨床的な一分野として発展してきたものです」

部屋の窓から見える西湘の海に、鮮やかな色合いをしたウィンドサーフィンのセイルが、いくつも揺れているのが見えた。

「プロセス指向心理学というのは、アーノルド・ミンデルという心理学者が提唱したもので、睡眠中に見る夢と、それによって生じる象徴的なパターンを持った身体的な体験や症状、つまり《プロセス》との関連の研究から始まったものです」

「それは、つまり……」

「夢からの影響による現実世界での身体《からだ》の変化、または身体から夢への影響、そういったものです。ミンデルは、これらの根源となるもの、つまり夢や空想、人間関係などの目に見えない存在にドリーミングと命名しました。人々がリアリティと呼んでいる以外のものたちのことです」

午前中に予定していた私と浩市とのセンシングは、うまくいかなかった。

ごく稀に、そう、十数回に一度、そういうことがある。

今日は二時間ほどの間、技師の榎戸が、私と浩市のセッションを成立させるためにMMコンソールの前でピッチを合わせようと頑張ってくれたらしいが、センシングは不成立に終わった。理由はわからなかった。

「この研究は、人の心や無意識の問題を扱っていたため、心理療法の枠組みだけに収まらず、例えば人間関係……小さくは夫婦や親子間の葛藤、大きくは差別問題や民族間の紛争などの解決にも応用され、この取り組みは《ワールドワーク》と名付けられました。一方で、プロセス指向心理学の臨床的な心理療法としての可能性は、《コーマワーク》、つまり昏睡状態の患者とのコミュニケーションの技術へと掘り下げられていきました。機械的コーマワークの研究が始まる以前、コーマワークといえば、例えば筋肉の動きや眼球の動きなどのシグナルから、患者の意識を読み取り、その内面に働きかけていく臨床的な心理療法の技術でした。しかし、このミンデルが考え出したコーマワークという方法と技術が、機械的コーマワークへと大きく発展するには、ミシンとこうもり傘のような出会いが必要でした」

「ミシンとこうもり傘？」

「えーと、要するに」

相原は咳払《せきばら》いした。

「ブレイン・マシン・インターフェース、つまり脳埋め込みチップを介して、このコーマワークを実現するという新しい考え方です。その試みのきっかけとなったデルガード博士のスティモシーバーから、ＳＣインターフェースは命名されました」

「ああ、それなら以前に榎戸さんから説明を受けました」

「経頭蓋磁気刺激による方法が、患者の意識に作用し、また、身体的体験や症状を脳チップや経皮的に装着されたスキャンニードルが読み取り、作用させ、お互いの夢見《ドリー》る身体《ムボディ》を共有する技術、つまりセンシングが発見され、ＳＣインターフェースの開発、発展とともに現在のような形になりました」

「それが、さっき言っていたミシンとこうもり傘の……」

「そう、出会いです」

相原はそう言って私に向かって深く頷いてみせた。

正直、話の半分以上は、私にはちんぷんかんぷんだった。

ミシンとこうもり傘の例えは、何かで聞いたことがあったが、何だったかは忘れた。

だが、相原自身は、その例えがきっと気に入っているのだろうな、ということだけは、彼女の得意げな表情からわかった。

現実《リアリティ》に対する夢《ドリーミング》、そして夢見る身体《ドリームボディ》という考えと、その夢が現実の肉体に影響を与え、肉体への作用が夢に影響を与えるという考え方は、私にはとても魅力的なものに感じられた。

私は今まで、SCインターフェースによるセンシングというのは、仮想現実《バーチャルリアリティ》のようなものだと思っていたが、どうやら現象が似ているだけで、思想としては根本的に違うものらしい。

仮想現実は現実の一部だが、センシングで現れる夢とか内面とか意識とかいった世界は、現実と対極を為《な》す、または対等に存在している。

そして、夢見る身体《ドリームボディ》が、それらを繋げる橋か、そうでなければ扉のような役割を果たしている。

ごちゃごちゃになった頭の中に整理をつけるつもりで、そんなことを考えていると、相原は突然、大きな欠伸《あくび》をした。

私が目を丸くしていると、続いて相原は、椅子に座ったまま、後ろに仰《の》け反《ぞ》るようにして背伸びをした。

「和さん、お腹、空きません？」

先程までのドクター然とした様子からは考えられないような人懐っこい笑顔で相原は言った。

彼女は、私よりも少し年下くらいの年齢だと思うが、相好を崩すと本当に子供のような笑顔になる。

「ええ、まあ」

私が曖昧な返事をすると、相原は、今度はテーブルに身を乗り出して、まるで親友にでも話し掛けるような口調で言った。

「じゃあ、アフターセッションはこのくらいにして、一緒にお昼ごはんでもどうですか」

「はあ」

それは構わなかったが、相原のこの馴《な》れ馴《な》れしい様子には、少しばかり私も面喰《めんく》らった。

「でも、この辺に食事の出来るところなんてありましたっけ」

コーマワークセンター前の国道沿いは、海水浴シーズンこそ賑わうが、夏も終わった今頃の季節は、閉まっている店も多く、ひっそりとしている。

「本棟の地下に食堂があります。職員用ですけど、ビュッフェ形式で、なかなかおいしいんですよ」

やけに嬉しそうな顔をして言うと、鼻唄さえ奏でながら、相原はカンファレンスルームの大きな机の上に備え付けられた、ＳＣインターフェースのノート型端末をターンオフした。

今日の相原は、落ち着いた色合いのスーツを着ているが、鼻唄のメロディは、最近も来日したアメリカのハードロックバンドのヒット曲だった。

「一般の人が入ってもいいんですか、その食堂」

「別にいいんじゃないですか。私と一緒なら大丈夫」

相原は椅子から立ち上がると、改まった様子で私に向かって言った。

「連載、終わっちゃうんですね。残念です」

「え？」

不意にそんなことを言われ、私は戸惑った。

そういえば、つい二、三日前が、「別冊パンジー」の発売日だった。

私の連載が終了し、次回掲載分が最終回になるという告知が、その号には載っている筈だった。

「実はですねえ、私、先生のファンだったんです。高校生の頃からだから、連載が始まった時から、もうずっと」

「はあ、そうですか」

どんな顔をしたらいいのかもわからず、私は間の抜けた声を出した。

「患者さんを食事に誘うのなんて、初めてですよ」

相原はそう言って、また例の屈託のない笑顔を見せた。


昼食のプレートに載った鮭のテリーヌにフォークを突き刺しながら、相原は顔を上げ、私の方を見た。

「《憑依《ポゼッション》》?」

「何でそんなこと、ご存じなんですか」

怪訝そうな顔をしながらも、相原は食事をする手を休めず、テリーヌを口に運ぶ。

「あの、何ていうか、以前に、こちらに入院していた人の、身内の方から聞いたんですけど……」

嘘をついたり誤魔化《ごまか》したりする必要もないだろうと思い、私はそう言った。

「ああ、なるほど」

相原は頷き、今度はカップ入りのオニオンスープに手を伸ばした。

食堂に人の姿はまばらだった。もう午後一時を過ぎており、中途半端な時間であるからだろう。

地階にあるせいで、食堂に入ってくる自然光は、天井近くの壁に通気と明かり取りを兼ねて開いている横長の窓からのものだけだった。

さほど広い食堂ではない。シンプルなデザインの四人掛けのテーブルが、ほんの十セットほど。相原の言っていた通りのビュッフェ形式で、種類はさほど豊富ではなかったが、それなりに工夫と手の加えられた料理が、カウンターワゴンの上の、ステンレス製の大盆に並んでいた。

どういうシステムになっているのかはわからないが、相原の話によると、コーマワークセンターの職員は、二十四時間、いつでも好きな時間に、ここに来て食事が出来るようになっているのだという。

私はあまりお腹が空いていなかったので、サンドウィッチを二切ればかりと、有機野菜のサラダ、それからフルーツを少しとコーヒーを選んだ。

一方の相原はずいぶんと健啖《けんたん》で、ワゴンに並んでいる全種類の料理を味見しないと気が済まないのか、さっきからプレートを手に立ったり座ったり、食事中だというのにせわしなくて仕方がない。

オニオンスープを一気に飲み干すと、相原はそれをプレートの上にトンと置き、少し思案してから言った。

「ポゼッションについて、何をお聞きになりたいんですか」

相原の態度は、それについて肯定的とも否定的ともつかなかった。

むしろ、空になったプレートを手に、背後にあるビュッフェのワゴンに行きたがっているのが明らかで、何だかそわそわしている。

「やはり迷信というか、昏睡患者の思い込みのようなものなんでしょうか。SCインターフェースも使わずに、人の心が他者の心に乗り移るなんて……」

「まあ、そうですね。ここの職員の殆どは、ポゼッションなんて言っても眉を顰《ひそ》めるか、苦笑するか、そのどちらかでしょうね」

「相原先生もですか」

「私は……」

少し迷った素振りを見せてから、相原は私に向かって言った。

「その有機野菜のサラダ、ちょっと味見させてもらっていいですか」

「え？　ああ、はい。いいですよ」

私は、まだ殆ど手をつけていないサラダの載った皿を相原の方に差し出した。

嬉々《きき》として相原はそれにフォークを突き立て、鮮やかに色のついたパプリカとレタスを口に運んだ。

「えーと、私のポゼッションに対するスタンスは、他の職員たちとは、ちょっと違います」

「そうなんですか」

「ええ。私、ポゼッションを自分の研究テーマにしているんですよ。おかげで変人扱いですけどね」

相原は、あははと声を上げて笑ってみせた。

「この西湘コーマワークセンターに呼ばれたのも、一応、私がそっち方面の専門家だからです。まあ、ひと口に《憑依《ポゼッション》》といっても、正体が何なのかは、まだわかりませんけどね。SCインターフェースによるセンシングが影響した、一種の精神症状かもしれないし、高度な次元で具象化されたフィロソフィカル・ゾンビの一種かもしれない。もしかしたら、何かの条件を満たした時に、本当に機械を介さず、意識と意識が交錯する瞬間があるのかもしれない。まあ、こんなことを言っているから変人扱いされるわけですけど」

「あの、相原先生」

こんなタイミングで話を切り出すのもどうかと思われたが、私は仲野泰子さんのセンシングの件について、相談してみることにした。

「身内ではないんですが、浩市とセンシングしたいという方がいるんです」

「もしかしたら、それ、仲野泰子さんのことですか」

「え? あ、はい」

相原の口から先にその名前が出てきたことに、私は少し驚いた。

「でも、何で……」

「淳美さんの口からポゼッションの話が出てきた時、そうじゃないかと思ったんです」

相原は苦笑してみせた。

「彼女の息子さんだった仲野由多加くんも私が担当していました。そのせいで、私も何度か、仲野泰子さんから相談は受けています」

「泰子さんは、浩市と、その由多加くんとの間に、ポゼッションがあったんじゃないかって考えているみたいです。浩市とセンシングして、そのことを是非、確かめてみたいって」

「いいですよ」

あっさりと相原は言った。

「浩市さんの身内である、あなたの許可があれば、私の方でそれを拒む理由はありません。でも……」

「でも？」

「仲野泰子さんが示している反応は、センシング可能だった患者を亡くした遺族の方によく見られるものです。鮮明な意思疎通が可能だった意識が、ある日、突然に失われたことに納得がいかず、患者の死を受け入れられずに、その意識がまだどこかを亡霊のように彷徨っていると考えたがる。仲野泰子さんの場合も、そのケースだと思います」

「ええ」

相原の意見には、私も同感だった。

死んだ少年の亡霊のような意識だけが、浩市の内に入り込んで生きているだなんて気味の悪いことは考えたくもない。

「さっきも言ったように、浩市さんの身内である、あなたの許可と、浩市さんご自身の意思……これは淳美さん自身が浩市さんとセンシングして確認を取ってもらうしかありませんが、とにかく、この二つがあれば、私どもの方で浩市さんと仲野泰子さんのセンシングを拒む理由はありません。ただし、これは浩市さんの治療ではなく、息子さんを亡くされた仲野泰子さんのケアワークの色合いの強いセンシングになるでしょうから、予め、淳美さんや浩市さんには、そのことを理解し協力するつもりで付き合ってもらわなければいけないかもしれません」

私は頷いた。だが、浩市に果たして、見も知らぬ人からのセンシングを受け入れる気持ちがあるだろうか。

または、受け入れたとしても、いつものように目の前で自殺を試み、一方的にセンシングを終了するような真似《まね》を、浩市がしないという保証があるかどうか。

プレートを手に、再びビュッフェのワゴンの方に向かった相原の背中を眺めながら、私は漠然とした不安を感じていた。

7

「真希ちゃん、これ、杉山さんのところに持って行って」

そう言って私はクリスタル製の大きな灰皿を真希ちゃんに渡した。

真希ちゃんは頷くと、それを手にリビングから階下の仕事場へと下りて行った。

今日の真希ちゃんは、珍しくエプロン姿だった。なかなか似合っている。

それにしても、沢野の奴はどこに行ったのか。

一尾丸ごと買ってきた鰹《かつお》が、キッチンのまな板の上に載ったままだった。出刃包丁が鰹の腹に突き刺さっていて、まるで鰹の殺害現場のようになっている。

きっとサボタージュだ。生の魚なんて触るのも嫌だなんて、情けないことを買い出しの時に言っていたから、逃げ出したのだろう。

さて困った。

私も、これまでの生涯で魚など一度も捌《さば》いたことがない。

今日は朝からホームパーティの準備で大忙しだった。持ち前のずぼらな性格が災いして、前の日まで、まったく準備らしきものをしていなかった。そのせいで、何度も近所のスーパーやホームセンターと家との間を往復している。

困ったことに、私も真希ちゃんも、それから手伝いに来た沢野も、こういうことは不得手で不慣れだった。

それに加え、まだ午前中だというのに杉山さんまで来てしまった。

沢野の連絡ミスで、時間を間違えたらしい。仕方ないので仕事場の方で待ってもらっているが、この状態では、いつパーティが始められるかも定かではなかった。

「あの、先生」

灰皿を手にしたまま、真希ちゃんが戻ってきた。

「杉山さん、お吸いにならないそうです」

「え?」

そんな筈はない。杉山さんはハイライトを一日に二箱は吸うヘビースモーカーだった。私が煙草を吸うようになったのだって、杉山さんの影響なのだ。

「煙草、やめたんだそうです」

「ああ……そうなの」

きっと奥さんのせいだ。

禁煙しろしろってうるさいって、いつも杉山さん、言っていたから。

煙草くらい、許してあげればいいのに。

「それから、下に沢野さんいましたよ」

「本当」

さっきは家中探してもいなかったから、外にコーヒーでも飲みに出掛けたのだろうと思っていたが、いつの間にか戻って来たか。

「真希ちゃん、圧力鍋、見ていて」

私はそう言うと、半地下の仕事場へと向かうリビングのドアを開いた。

幅の狭い階段が、真っ直《ます》ぐに下へと続いている。プライベートな空間になっている二階と三階の自宅と、半地下になっている仕事用のスペースは、同じ建物の中で、二世帯住宅のように完全に区切られており、玄関も別になっている。

家の中で、自宅と仕事場のスペースとを行き交うことが出来るようになっているのは、この階段だけで、普段はこの階段を使うのは私しかいない。

私は階下に行くと、ドアを開いた。仕事場の隅に置いてあるソファに座ってくつろぎながら、談笑している杉山さんと沢野の姿が目に入った。

「沢野！」

思わず私は大きな声を上げていた。

「やべ。見つかった」

沢野は私の方を見て肩を竦めてみせた。

「上は今、私と真希ちゃんだけで大変なんだからね！　みんなが来るまでに間に合わないじゃないの」

そこまで一気に捲し立ててから、私は、沢野の隣にいる杉山さんが、きょとんとした顔で私の方を見ているのに気が付いた。

杉山さんの前で、こんな大きな声を上げた事なんて、私は一度もないのだ。

しまった。

「そう苛々《いらいら》しないでくださいよ」

取り繕いようもなく困った顔をしている私を見て、沢野が笑いを押し殺しながら言う。

「今、強力な助っ人を送り込むところだったんですから」

「助っ人？　何よそれ」

意味がわからず、私は眉根を寄せて言う。

「はい。私です」

冗談めかして手を挙げながら杉山さんが言った。私の様子を見て、やはり笑いを堪えている。

「鰹、捌けるそうですよ」

沢野が言った。

「えっ、本当？」

「一応ね。俺、釣りが趣味だもん。淳美ちゃんも知ってるだろう？」

杉山さんはそう言って微笑んだ。

そういえばそうだった。杉山さんは、よく編集部の他のメンバーや作家さんを誘って仕立て船で釣りに出掛けたりしていたっけ。

私も一度くらい連れて行ってもらいたいと思っていたが、仕事が忙しくて結局は叶《かな》わなかった。

「良かった。鰹、どうしようかと思ってたんです。私ったら、一尾丸ごと買ってきちゃって……。やっぱり杉山さんは頼りになるわ」

「早めに来て正解だったかな」

杉山さんは厚手の革の上着を脱ぎ、仕事場のソファから立ち上がった。

「キッチンは二階？」

「あ、はい。そうです。何だかすみません」

杉山さんがドアを押し開き、二階の自宅リビングへと続く階段の向こうに去ると、私は今まで杉山さんが座っていたソファに腰掛けた。

慣れないことをしているせいか、ひどく肩が凝っている。私は首を前後左右に動かし、自分の手で肩を揉みほぐした。

「杉山さんがここに来るのは初めてなんですか」

沢野が言った。再びソファにどっかりと腰を下ろしている。上に行って手伝おうという気はさらさらないらしい。

「ええ、そうよ」

返事をするのも億劫で、私は短くそう答えた。

「驚いてましたよ。立派な仕事場だって。杉山さんが担当していた頃は、まだ先生は賃貸のワンルームに住んでいたそうですね」

「そうね」

阿佐ケ谷のワンルームマンション。私の部屋は四階にあった。

「ねえ、沢野くん」

不意に私は沢野に声を掛けた。

「何です？」

「『胡蝶の夢』って知ってる？」

「ああ、はい。知ってますよ。『荘子』ですよね」

質問の内容が唐突だったのか、沢野は不思議そうな顔をしている。

「蝶になった夢を見ている人がいる。だがそれは、蝶が人になった夢を見ているだけなのかもしれない。確か、そんな話でしたよね」

「何ですか先生、急に。新作のアイデアか何かですか」

「うん」

「まあ、そんなところかしら」

私は適当な返事をしたが、沢野は興味ありげに身を乗り出してきた。

「『胡蝶の夢』に関してなら、デカルトも同じようなことを言ってますよ。——我々は夢の中ですら自分が覚醒していると考えることがあるから、その区別は明確には出来ない。知覚は全て偽物であり、今の自分は夢を見ている可能性があるって」

「そう」

「他にもたくさんいますよ。カルデロン・デ・ラ・バルカの『人生は夢』、それから、能の『邯鄲《かんたん》』に、シェイクスピアの世界劇場の思想も考え方が似ています。この世はひとつの舞台であり、人は男も女も皆、役者に過ぎぬ……これは『お気に召すまま』の科白だったかな」

まるで火が付いたかのように口から泡を飛ばして喋り続ける沢野を、私は呆《あき》れた思いで見つめた。

「最近なら、哲学者のニック・ボストロムも同じようなことを言っています。惑星あるいは宇宙全体をシミュレート可能な高度な文明が存在すると仮定するなら、我々の感じている現実は、それらのシミュレーションの中にあるという証拠と可能性が十分にあるという懐疑主義的な仮説で……」

「ええと」

沢野の声を遮るようにして私は言った。

「沢野くんって、大学どこ出てるんだっけ」

「えっ？　東大ですけど」

そういえばそうだった。

溜め息をひとつつくと、私はポケットからメモを取り出し、それを沢野に差し出した。

「沢野くん、悪いんだけど、これに書いてあるもの、買い出しに行ってきてくれる？」

「まだ買い忘れがあったんですか」

話の途中で腰を折られたのが不満なのか、口先を尖らせながら沢野が言った。

「本当にこれが最後でしょうね。もう朝から三回も行ったり来たり……」

「私は演繹《えんえき》法で生きているのよ」

「行き当たりばったりって意味ですか」

「うるさい。とにかく行ってこい」

私はポケットから車のキーを取り出し、沢野に向かって放り投げた。

「『胡蝶の夢』の話はもういいんですか？」

キーをキャッチしながら沢野が言う。

「もういいわ」

実際、沢野が熱っぽく語れば語るほど、私の方は白けてしまい、どうでも良い気分になっていた。

沢野が出て行ってしまうと、仕事場は私一人になった。

少し疲れていた。

上は真希ちゃんと杉山さんに任せて、今度は私がサボタージュしよう。そう思って私はソファから立ち上がるとエプロンを外し、自分の仕事机の前に座った。こちらの定位置の方が気分が落ち着く。

真希ちゃんの手で、いつも綺麗に整理整頓されている広い机の端に、私は奇妙なものを見つけた。

布製のコースターの上に載った、真鍮《しんちゅう》製らしきプレシオサウルスの小さな模型。

こんなもの、前からあったっけ？

私は訝しく思い、手を伸ばしてそれを取り、手の平の上に載せた。

小さいが、ずしりと重く、見た目よりもずっと重量感があった。

模型というよりは、置物か、または文鎮のようなものなのかもしれない。

中は空洞ではなく、芯まで金属が詰まっているような感じだった。鋳物だろうか。

丸い胴体の前後に生える、海亀のような四つのヒレ。

長い首の先についた蛇のような小さな頭……。

私は机の上にプレシオサウルスの模型を戻すと、立ち上がった。

ふと、不安になったのだ。

二階からは、先ほど上がって行った杉山さんの気配も、真希ちゃんの気配も伝わってこない。

リビングまでは階段と二つのドアで隔てられているので、それも仕方ないが、周りに誰もいないと、まるで世界にただ一人だけ取り残されたような気分がして、とても怖かった。

私は椅子の背凭れに掛けてあったエプロンを手にすると、リビングへと続くドアを開けた。

その先に、潮だまりに突き立った、赤い布を括り付けた竹竿と、島の風景が広がっていたらどうしよう。

そんな風に思ったが、ドアの向こうは、当たり前の、二階へと続く幅の狭い階段だった。

私は、ほっとして二階へ続く階段を上がり、リビングに入った。

真希ちゃんが、テーブルクロスの上に食器や飲み物を並べたり、何だか難しい顔をして飾りで活けた花の位置を直したりしている。

キッチンの方を覗いてみると、杉山さんが、先ほどまで真希ちゃんが着けていたエプロンを身に着け、鼻唄まじりに鰹を捌いている最中だった。

こんな杉山さんの姿を見るのは初めてだった。家庭での杉山さんは、いつもこんな感じなのだろうか。

「珍しいかい」

鰹の血に塗《まみ》れた出刃包丁を手に、杉山さんが振り向いて微笑んだ。

「ええ」

仕事で会う時とは、お互いに何となく感じが違って調子が狂う。

杉山さんは慣れた手付きで半身に下ろした鰹に鉄串を打つと、ガスコンロの火で炙《あぶ》り始めた。

リビングに戻ると、真希ちゃんは先ほどと同じく、テーブルの上に飾られた花を眺めながら、納得いかないという様子で腕組みし、何やら唸《うな》り声を上げていた。

「何か手伝うことある?」

「え? ああ、特には」

声を掛けられて、初めて私の存在に気づいたかのように真希ちゃんは言った。

「そう」

私はリビングの中を眺め渡した。いつもはリビングの真ん中に鎮座している合皮製の緑色のソファのセットは、いずれも背凭れをぴったりと壁に押し付けて部屋の隅に押しやられている。

応接セットの脚の短いテーブルと、ダイニングの方から移動してきたローズウッド製のダイニングテーブル、それから今朝、新たにホームセンターで購入してきたキャンプ用の折り畳み式簡易テーブルには、それぞれビニール製のテーブルクロスが掛けられている。

クロスの上には、私が御進物でもらった洋酒やワイン、沢野が手土産に持ってきてくれた吟醸酒の瓶などが並んでいた。

缶ビールはケースで二箱買ってきて、半分はもう冷蔵庫の中で冷やしている。これだけあれば飲み物は十分だろう。

三つあるテーブルには、買ってきた握り寿司のプラスチック製の桶《おけ》や、宅配で頼んだピザの平べったい紙の箱などが置いてあった。

「失敗したなあ。これ、冷めちゃうね」

私は宅配ピザの箱の蓋を開きながら言った。

まったく本当に私ときたら、こういうことの段取りが悪い。ピザなんて、もっと時間が差し迫ってから注文すれば良かった。

今から用意しておいたって、パーティが始まる頃にはすっかり冷めてしまう。後で温め直すにしても、私の家にはこんな大きなピザを入れるようなレンジもオーブンもない。

私が焦って注文の電話をした時に、沢野か真希ちゃんが止めてくれたら良かったのに。

「杉山さんの鰹のタタキが仕上がったら、下にいる弟さんも呼んで、先に始めちゃったらどうですか」

気を遣うような感じで真希ちゃんが言った。

「え?」

聞き間違いかと思い、私は真希ちゃんの顔を見た。

「それがいい」

杉山さんがキッチンの方から声を上げる。

「ビールも冷えているみたいだし、いいんじゃないか。ピザなんて、足りなくなったらまた頼めばいいんだし」

「ちょっと待って。今、真希ちゃん、何て言った？」

「え？　ですから、ピザが温かいうちに下にいる弟さんも呼んで、先に杉山さんや先生は飲み始めてもいいんじゃないかって……。やっぱり、皆さんが集まってからにしますか」

「違うわ。そういう意味で言ったんじゃなくて」

私の様子に、真希ちゃんは困惑した顔をしている。

「堅苦しいこと言うなよ、淳美ちゃん。こっちはあともう少しで終わるから」

キッチンの方から身を乗り出して杉山さんが言った。

「いいえ、違うんです。今、真希ちゃん、弟さんもって……」

「ええ、言いましたけど」

真希ちゃんが頷く。

「弟さん、意識戻ったんだね。いつ退院したの？　全然知らなかったよ」

「ちょっと待ってください。弟って、浩市のことですか」

杉山さんが言う。

「そうだよ。あれ？　浩市くんの他にも、弟さんがいるの」

「いませんけど……」

「先生、お会いになりませんでした？　さっき、杉山さんに灰皿を届けようと思って仕事場に下りた時、ご挨拶させていただいたんですけど」

「下にいるんですか」

杉山さんに向かって私は言った。

「あれ、淳美ちゃん、知らなかったの？　ついさっきお見えになって、沢野と名刺交換した後、仕事場から二階へ上がって行ったんだけど」

「誰も二階になんて上がって来ませんでした」

「そう？　おかしいなあ」

さしたる問題でもないという様子で杉山さんは言うと、再びキッチンで鰹のタタキを作り始めた。

「どうしたんですか、先生。顔色悪いですよ」

真希ちゃんが心配そうに声を掛けてきたが、私は返事をする気になれなかった。
ドアを開き、今にも転げ落ちそうな頼りない足取りで階段を下りた。
仕事場へと続くドアの取っ手に手を掛ける。
それを押し開くのには勇気が必要だった。
私はゆっくりとドアを開いた。
「浩市?」
ドアの向こう側に私は声を掛けた。
返事はなかった。
先程までと何も変わらない仕事場の風景。
人の気配はなかった。もちろん、浩市の姿もない。
私は仕事場の中に入り、ソファに腰掛けた。
瞼を閉じ、両方の手の平で顔を覆った。
何ともいえない不安と緊張が、体の隅々にまで広がって行く。
どこか遠くから、カンカン、カンカンと、鉄板をハンマーで叩く音が聞こえてきた。
生暖かい風が吹いてきて、それは潮の香りがした。
お願い。もう勘弁して。

私は声にならない声で呟いた。

手で顔を覆ったままソファから立ち上がり、正体もわからない何者かから逃げるため、二、三歩、よろよろと足を前に出した。

「そっちへ行くと危ないよ」

不意に耳元で浩市の声がした。背筋が粟立《あわだ》った。

「やめて、浩市」

「別に僕が姉さんをこんな目に遭わせているわけじゃないよ」

「あなたはどこにいるの？」

「コーマワークセンターのベッドの上さ」

「嘘よ」

「へえ、何でそう思うんだい」

「あなた、本当に浩市なの？」

「疑うのか」

「だって……」

「そっちこそ、本当に僕の姉さんなのか？　そう考えるのはお互い様さ」

浩市が言った。私は瞼を閉じ、顔を手の平で覆ったままだ。

「姉さん。あなたに人の心があるかどうかは、僕にはわからない」

「どういうこと」

「自分以外の他者に、内観的なクオリアがあるかどうかは、外面的な観察、例えば脳の神経細胞レベルまで解剖してみても、客観的に観察することは不可能だ」

「クオリアって何よ」

「例えば、赤色を赤色と感じる心、心地好い音楽を心地好いと感じる心、怒り、笑い、その他の現象学的意識のことだよ」

「私にはそれがないっていうの」

「違う。それがあるのかないのかは、客観的な観察からは絶対にわからないと言いたいんだ。そうやって戸惑ったり不安に駆られたりしているように見える姉さんの内面が、実際にクオリアを持って揺れ動いているのか、それとも暗い虚無の中にあって、表面だけそう見せ掛けているのかは、僕からは判断出来ないっていうことだ」

浩市は何かを不安に感じている様子だった。

「そういう、現象学的意識やクオリアを持たない存在を、性質二元論の立場からは、フィロソフィカル・ゾンビというんだ」

コーマワークセンターの医師や技師たちは、SCインターフェースでのセンシング中に登場する、内面的意識を持たない登場人物のことを、そう呼んでいた。

「いいかい。誤解してはいけない。哲学的《フイロソフイカル》ゾンビとは、人格や性質を指す言葉ではないし、何かの精神疾患的な意味で使われる言葉でもない。徹頭徹尾、意識やクオリアを持たない存在、つまり外面だけで内面を持たない存在のことをいうんだ。つまり虚無だ」

「私がそうだと言いたいの?」

「僕がそうかもしれないよ」

私は顔を覆っていた手を下ろし、ゆっくりと瞼を開いた。

強い日射しが瞳を直撃し、私は思わず目を細めた。

私が立っているのは、あの透き通るような島の海とは明らかに違う、どんよりと濃く、暗い色をした海に隣接する、巨大なコンクリートの堀割の上だった。

トラス状に組まれた起重機《クレーン》の鉄骨のブームがいくつも突き出しており、その先端から太いワイヤーでぶら下がった鉤《かぎ》状のフックが、風を受けてゆらゆらと揺れている。

黒い船体をした貨物船《カーゴボート》が一隻、曳舟《ひきふね》に引かれて、ゆっくりと堀割の中へと入渠《にゅうきょ》してくるのが見えた。

私の立っている所は、どうやら造船所の乾船渠のドックサイドのようだった。

この風景は、祖父が……あの、私が描いた首長竜の絵に脚を描き足した爺さんが、若い頃に働いていたという、神戸の造船所の風景だろう。

私が見ている間にも、貨物船はぐんぐんと目の前にまで近付いてきて、とうとうその船体の全てを堀割の中へと入れてしまった。

やがて鋼鉄製の分厚い船渠門《せんきょ》が海中から起き上がるようにして閉まり、轟音《ごうおん》とともにポンプが船渠内の水を、白く泡立てながら外へと排水し始めた。

本当は何時間もかかる作業なのだろうが、それはまるで早回しの映像を見ているかのように進行し、船渠内の海水は、浴槽の水を抜くかのように、あっという間に減っていった。

ぬかるんだコンクリートの渠底《ボトム》が現れ、貨物船の甲板とドックサイドに渡し板が差し掛けられた。どこかで合図の汽笛が鳴り、油染みた菜っ葉服や、ゴム長靴、または地下足袋《じかたび》に七分ズボンなどを身に纏《まと》った、職工やカンカン虫たちの群れが、わらわらとドックサイドに現れた。

彼らは、私の姿にはまったく気付いていない様子だった。

私の目の前をすり抜けていっては、十メートルほど下の渠底へと向かう幅の狭い階段や、船渠の壁に据え付けられた梯子段《はしごだん》を降りて行く。

カンカン虫たちは、皆、手に手にケレン作業用の、片側が横に、もう片側が縦に平べったくなった奇妙な形のハンマーを握っている。なかには殆ど裸同然の格好で仕事に臨む者もいた。

職工たちが丸太と番線を使って簡単な足場を組み始め、組んだ先からカンカン虫たちが足場をよじ登り、船底についた赤錆をハンマーで叩いて掻き起こす作業を始めた。油で顔を真っ黒にして、推進器《スクリュー》の油差しの作業に取り掛かっている者もいる。

カンカン虫たちは、皆、一様に無言だった。

日射しはじりじりと船渠に降り注ぎ、湿気で蒸した渠底からは、陽炎《かげろう》すら浮かび上がっている。汗と油と、赤茶けた錆のカスに塗れながらも、男たちはまるで巨大な打楽器でも演奏しているかのように黙々とハンマーを振るい、鉄板を叩いて不規則なリズムを奏で続けている。

少しだけ躊躇った後、私は梯子段に足を掛け、渠底へと降り立った。

私は、乾船渠の底から空を見上げた。

よく晴れていて、薄い雲が風に流されて行くのが見えた。

ギラギラと照りつける真夏の太陽が、渠底のコンクリートの床に、くっきりとした貨物船の影を描いている。

乾船渠の底は風通しが悪く、私が思っていた以上に暑かった。

――塩を舐《な》めながらじゃなきゃ、とてもじゃないがやってられない。

爺さんがそんなことを言っていたと、母から聞いたことがある。

そのくらい辛《つら》い仕事だったのだと。

そういう場所から、俺は這い上がってきたのだと。

私は黒い貨物船の船体を見上げ、その向こう側で無情に照り続ける太陽をもう一度見上げた。

それは、私の祖父が……井荻でラーメン屋を営んでいたあの爺さんが、まだ十代の少年だった頃に、絶望や希望と一緒に見上げていたであろう空だった。

――俺が貧乏くじを引いてばかりなのは、俺に教養がないからだ。

爺さんは口癖のようにそんなことを言っていたと母から聞いた。

そして、カンカン虫として一緒に働いている仲間たちを、心から軽蔑していた。

そのせいで嫌われ、孤立し、体も小さくて近眼だった爺さんは、酔っ払った同僚に、よく胸ぐらを掴まれたり殴られたりしたらしい。

爺さんは酒は一滴も飲まず、日払いの少ない給金を貯めては、その金で英語の本や辞書を買った。

同じ職場の連中が、車座になって茶碗《ちゃわん》でメチル酒を呷《あお》っているその横で、爺さんは夜遅くまで自分の未来のために勉強をした。

でも爺さんは、小学校もろくに出ていなかったから、独学では英文をどう読んだらいいのかもわからなかった。

私の母が中学生の頃、英語を教えてやると言って、爺さんは《sometimes》をソメチメスと読むように教え、母がそれはサムタイムズと読むのだと教えてやると、お前は俺を馬鹿にしているのかと言って逆上し、母を殴った。

祖母や母から聞いた、そんな爺さんの断片的な話を思い出しながら、私は爺さんの心を思って泣いた。

爺さんのことは大嫌いだった筈なのに、どうしても涙が止まらなかった。

私は乾船渠の底で掻き起こしの作業をしているカンカン虫たちの中に、若き日の爺さんの姿を求めて歩き出した。

足場の上に座ったり、貨物船を載せた盤木の下に潜り込んで船体をハンマーで叩いているカンカン虫たちの顔を、じっくりと一人一人確認しながら私は貨物船をぐるりと一周した。

働き盛りの男たちに混じって、顔に深く皺《しわ》を刻み込んだ老人や、まだ十二、三歳と思《おぼ》しき少年たちの姿もあった。皆、体中、赤茶けた金銹《かなさび》に塗れている。

この人たちも、浩市や相原が言っていた、フィロソフィカル・ゾンビなのだろうか。

船渠内に横たわっている貨物船や、掘割の上に聳《そび》え立つ起重機と同様の、心や感情や内面を持たない、ただの幻のような存在なのだろうか。

貨物船を一周しても、若き日の爺さんらしき作業員の姿を見つけることが出来ず、もう一周、探してみようかと思った時、どこかでまた汽笛が鳴り響いた。

カンカン虫たちは、手にしていたハンマーをズボンのベルトに挟み、足場から下りてきた。そして来た時と同じように船渠の壁に張り付いた梯子や階段を上がって行く。

おそらく、汽笛は正午を知らせるドンの代わりだったのだろう。

誰もいなくなった船渠の底で、それでもまだカンカン、カンカンと船体を叩く音が聞こえた。

音のする方に向かって、私は吸い寄せられるように歩き出した。

私の背丈以上もある、大きな推進器と艫舵《ろかじ》を横目に船尾を回り、歩いて行く。

そこに一人、足場の上に立ったまま、執拗《しつよう》に船体をハンマーで叩いている若い男の姿があった。

ハンマーを振るう、その勢いと力み加減は、まるでそのハンマー一本で、目の前の貨物船をバラバラに叩き壊そうとしているのではないかというほどに、鬼気迫るものがあった。

私は呆然《ぼうぜん》と立ち尽くし、数メートル上の、丸太で組まれた足場の上に立つ男の姿を見上げた。男は、どこか浩市に似た面影があったが、浩市よりずっと背が低く、顔には丸い眼鏡を掛けている。

爺さんだ。

私は直感的にそう感じた。

男はまだ二十歳くらいに見えた。

カンカン虫だった頃の、まだ若かった爺さんの姿がそこにあった。

「こんなところで何やっとんのや」

不意に声が聞こえた。

私は我に返り、足場の上にいるその男を見た。

男は男で、怪訝そうな表情で、丸太組みの足場の下に立つ私の姿を見下ろしている。

私は狼狽《うろた》えた。他のカンカン虫や職工たちには私の姿は見えていなかったようだが、この男には私が見えるらしい。

「あかんあかん。どうにもしつっこい錆があってな。いくら叩いても剝がれようらん」

男は、筋交いに斜めに組まれた丸太を伝って渠底へと下りてきた。

「夢中で叩いとったから、汽笛が鳴ったのが聞こえんかったわ。飯やろ。呼びに来てくれたんか」

男は……若き日の爺さんは、私を誰かと間違えている様子だったが、すぐにそれが誰なのか思い当たった。祖母だ。

祖母からは、何度も、お前は私の若い頃にそっくりだと言われていた。

そういえば、爺さんと、それから婆さんは、島から駆け落ち同然に神戸に出て来たのだった。

爺さんも婆さんも、島では猫家と呼ばれた程の、とびきり貧乏な血筋の家の出だった。自分たちの土地も畑も持っておらず、名主の家のサトウキビや落花生の畑で働いて賃金を貰う小作人の生活を、それこそ何代にも亘って続けてきた。

島を出る以前の爺さんは、働き者の好青年だった。爺さんと婆さんは、従兄妹《いとこ》同士に当たるらしいが、まだ若かった頃の私の祖母は、爺さんの熱意ある口説き文句に折れ、たくさんの夢と希望だけを手荷物に船に乗り、しがらみのない島の外へと旅立ったのだ。

神戸の造船所で爺さんがカンカン虫として働いていた頃、祖母は身重の体でカンカン虫たちの住む飯場のまかない婦をやっていたと聞いた。

世間知らずだった祖母は、最初は飯の炊き方も、握り飯の作り方もわからなかったそうだ。

爺さんと婆さんの最初の子、つまり私の母の兄は、妊娠中の無理が祟《たた》ったのか、生まれてからたったの数か月でこの世を去った。

爺さんが、何かというと婆さんを殴りつけるようになったのは、そんなことがあってからだと、私は祖母本人から聞いていた。

「休んでなきゃあかんやろ。もうじきガキが生まれてくるってのに」

年老いてからも直らなかった、神戸に来てから覚えた、いい加減でどこかイントネーションのおかしい関西弁でそう言うと、男は屈託のない優しい笑顔を私に向けてきた。

男は……若き日の爺さんは、笑いながら首にぶら下げた手拭いで顔を拭いた。

手拭いは、ひどく黒ずんでいて、拭いてもさして爺さんの顔は綺麗にはならなかった。

そんな爺さんの瞳からは、私の知っている暗い光は、少しも感じられなかった。

私は自分の下腹部に、そっと手を載せてみた。私のお腹は臨月の妊婦のように大きく膨らんでいた。

ああ、こんなことってあるだろうか。

心の奥底から、何か暗い感情が、濁流のように渦を巻いて湧き上がってくるのが感じられた。

その正体が何なのかはよくわからなかったが、それは間違いなく、私が意識的に抑えつけるか、記憶の彼方に消し去ろうとしていたものに違いなかった。

「お薬を出しておきますから、もう心配はありませんよ」

「え？」

私は顔を上げ、慌てて辺りを見回した。

そこは、どこかの病院のようだった。

つい今さっきまで目の前にいた若き日の爺さんも、巨大な乾船渠も、貨物船も、一瞬で掻き消えていた。

ごく狭い診察室の丸椅子に腰掛け、私は白衣を着た若い男の医師と対峙《たいじ》している。

「お腹が痛いのは薬を飲んでいれば和らぎます」

医師は思いやりのある温かい笑顔で言うと、机に向かってカルテに何か書き込んだ。

看護師に促され、医師にお礼を言って立ち上がると、私は膝の上に置いていたコートを羽織り、診察室を出た。

眩暈のようなものを感じ、私はそこで倒れそうになった。

脳裏に、奇妙な光景が次から次へとフラッシュバックのように襲いかかる。

砂浜にレジャーシートを敷いて座り、足の爪を切っている、髪の短い若い女の子。

私が昔、住んでいた阿佐ケ谷のワンルームマンション。部屋には誰もおらず、ベランダへと続くサッシが開け放たれ、カーテンが風で揺れている。

学校らしき建物の屋上に立ち、金網のフェンスを握って、その向こう側をじっと見つめている、十三、四歳くらいの見知らぬ少年の姿。

そして、青く輝く透明な海の中を泳いで行く、巨大な首長竜……。

「ご気分はどうですか、和淳美さん」

不意に声が聞こえた。

「気分が落ち着くまで、ゆっくりと深呼吸を続けてください」

声は耳に取り付けられたヘッドフォンのような物から聞こえてくる。

神経工学技師の、榎戸の声だ。

私の視界は、アイマスクのようなもので遮られている。

やがてセンシングルームに入ってきた看護師たちが、頭からスキャンニードルを引き抜く感触があった。看護師たちがそれらの作業を終え、部屋を出て行っても、私は随分と長い間、体を動かすことも出来ず、呆然とベッドの上に横たわっていた。

8

ルネ・マグリットという画家の絵に『光の帝国』という作品がある。

一見すると、ただの風景画なのだが、よくよく目を凝らして見れば、池畔に建つ二階建ての洋館と、背後に広がる輝くばかりの青空の間に、異様なコントラストを見出すことが出来る。

つまり、その風景画には、昼でも夜でもない風景が描かれているのだ。

洋館の窓から見える室内の明かりも、水面に映える空の色合いや街灯の光も、それらを象《かたど》る陰影も、全て夜のものとして描かれているのに、どういうわけか、空ばかりが真昼の輝きを持つ晴天の青空として描かれているのだ。

見かけたことがありそうでいて、絶対にこの世に存在しない、魔法のような風景。

私は、この絵が好きだった。

マグリットの絵は、ダリやピカソとは趣が違い、作中に描かれているもの一つ一つは写実的だが、全体を見渡した時に、初めてその異様さに気が付くというものが多い。

仕事場の壁に飾られた、レプリカの『光の帝国』を眺めながら、私は一つ、溜め息をついた。

本当に、最近の私は疲れているのかもしれない。

仕事が一段落ついたら、沢野の言うように、ちょっと旅行にでも出掛けて気分と身体をリフレッシュするべきだろうか。

私は、机の上に広げた白無地のノートを見た。単行本用に書き下ろす予定の、打ち切りになった例の作品のネームが、もう半ば出来上がっていた。

連載の終了を告げられたのは、わりと突然だったし、単行本用に数十枚描き足したとしても、十五年近くの連載中に広がるだけ広がった物語の風呂敷を、一気に畳むのは、ちょっと無理があった。

昔みたいに、杉山さんに電話して、どうしたら良いものか、意見を仰ぎたいと何度も思ったが、思いとどまった。杉山さんは、もう私の担当編集者ではないし、それどころか、今は少女漫画雑誌の編集からも退いているのだ。迷惑はかけられない。

私は一人で、この連載の幕を下ろさなければならないのだ。

あれこれと根を詰めて考えているうちに、すっかりネームも進まなくなり、私は気分転換に風呂を浴びることにした。

仕事場から、専用の階段を使って二階のリビングに上がると、私は誰もいないのを良いことに、着ていた服を全部その場で脱ぎ散らかし、素っ裸でバスルームに向かった。

先日のホームパーティを最後に、真希ちゃんは私のアシスタントの仕事を休んでいた。

増刊に掲載された真希ちゃんの作品の前編は、かなり好評だったらしい。後編の方の読者アンケートの結果が良ければ、本誌連載も検討するという話になっているようだった。

真希ちゃんは後編の執筆のために臨時のアシスタントを雇い、同時に本誌連載の会議に掛けるためのパイロット用のネームをつくるため、連日連夜、沢野と打ち合わせやプロット作りに精を出しているということだった。沢野からも電話が掛かってこなくなったから、きっと、二人とも忙しくしているのだろう。

少し寂しくはあったが、焦りや嫉妬のような感情は生まれてこなかった。

沢野と真希ちゃんを見ていると、昔の自分と杉山さんを思い出す。やっとチャンスが巡ってきて、真希ちゃんと沢野は、漫画家と編集者として、本当に充実した忙しい日々を迎えつつあるのかもしれない。

そのことを私は羨ましく思った。

私にとってのそんな季節は、もうとっくに過ぎ去ってしまった。

浴槽いっぱいに張られた熱い湯に肩まで浸かり、人から貰った、バラの香りがする入浴用のオイルを、湯船の中で溶かした。

少しばかり開けた、浴室の曇りガラスの窓の向こう側に、マグリットの絵を思わせる青空が見えた。真昼のぼんやりとした淡い光が、浴室の中に入り込んできている。

脚を伸ばして浴槽の縁に踵《かかと》を載せ、リラックス出来る体勢になると、私は瞳を閉じた。瞼の裏に浮かんできたのは、磯浜の潮だまりに立つ、先端に赤い布が括り付けられた竹竿の風景だった。

そういえば、以前、コーマワークセンターの相原医師から、あの話には続きがあるのではないか、と聞かれたことがあった。

浩市と一緒に手を繋いだまま波間で溺れ、大人たちに助けられたその後、何かあったのではないかと相原は言っていた。精神分析的な意図でもあるのか、それともただの思い付きや勘で言ったのかは知らないが、いくら考えてみても、私にはその先が思い出せなかった。

あれから一度も、島には行ってない。

サンゴ礁の磯浜も、すべて護岸されたという。

危険だったからだろう。実際、幼かった私と浩市も、磯浜で溺れたのだ。

親戚も、殆どが東京や千葉、大阪や神戸などに出てきてしまい、島にはもう、猫家の血筋の者は、誰も住んでいないと聞いていた。

女郎蜘蛛の巣だらけの古い家も、晴彦伯父さんの建てた文化住宅も、住む者がおらず廃屋同然になっている。庭は荒れ放題で、人の背丈ほどの草が生えており、納屋には、昔、晴彦伯父さんが愛用していた自慢の釣りの道具や、小型のトラクターなどが、錆を吹いて眠っている。親戚からは、そう聞いていた。

父と母は、私と浩市が海で溺れたあの旅行の後、すぐに離婚してしまった。

島は母方の故郷だったが、あれ以来、母はとうとう、島には寄りつかなかった。

以前、相原医師に聞かれた時には言わなかったが、母が島に行くことを避けたのには、実は理由がある。

神戸でカンカン虫をやっていた母方の爺さんが、ちょうどその頃、ラーメン屋の経営に失敗し、あれほど嫌っていた筈の島に帰ったのだ。

島に戻って何をしたのかというと、出家して坊主になった。

猫家の者たちが親戚のよしみで面倒を見たらしいが、爺さんの性格は坊主になっても変わらなかったようで、猫家の者たちが次々に島を離れて、島に親戚が誰もいなくなってしまったのも、半分くらいは島に居ついた爺さんのせいだということだった。

そういえば、母が死んだ時、爺さんは島から私宛に分厚い手紙を送ってきた。

明らかにサイズの小さすぎる角四号の封筒に、四つ折りにした何十枚もの便箋がパンパンに押し込められており、開封する前から、どことなく気味の悪い郵便物だった。開けてみると、便箋には細かな文字で、びっしりと何枚にも亘って繰り返し般若心経が写経してあり、それとは別に手紙が入っていた。

いろいろとわけのわからないことが書いてあったが、よく覚えているのは、通夜と告別式は西武ライオンズの試合の日を避けるようにと、喪主である私宛に忠告が書かれていたことだった。

私は、ああ、爺さんはとうとう気が狂ってしまったのだな、と思った。

母は爺さんを嫌っていたから、その手紙を棺桶の中に入れて一緒に荼毘《だび》に付すのは母に悪いと思い、気持ち悪かったので細かく切り刻んでゴミ箱に捨てた。

頭に思い浮かんでくるのは、そんな後日談のようなことばかりだった。

浴室に用意しておいたバスローブを素肌の上に羽織り、太陽の匂いがする洗いたてのバスタオルで髪を拭きながらリビングに戻ると、私は壁に貼ってあるカレンダーの方へと向かった。

大雑把な仕事のスケジュールや、人と会う約束のメモ書きに混じって、よく目立つ緑色のマジックで、丸く印の付けてある日があった。

コーマワークセンターに行く予定の日だ。

仕事の方が暇になったので、今月は既に一度行っているが、その日の浩市とのセッションは不成立に終わった。

相原とコーマワークセンターの地下にある職員用の食堂で、昼食を一緒にした日だ。

そのため、浩市に仲野泰子さんとのセンシングの意思について確認することは出来なかったが、相原や榎戸など、コーマワークセンターの関係者たちには、すでに私以外の第三者が浩市とのセンシングを求めていることとの旨は伝えてある。

次に私がコーマワークセンターを訪れる予定の月末の日に、仲野泰子さんも一緒に行く約束をしていた。その日のうちにセンシング出来るかどうかはわからないと言ったのだが、泰子さんは、それでも構わないと言った。

緑色の丸印が付けてあるカレンダーの前に立ち尽くしたまま、私は不安な気持ちが足元から湧き上がってくるのを感じていた。

浩市と仲野泰子さんをセンシングさせてはいけないのではないか。

取り返しのつかないことが起こるのではないだろうか。

何の理由も根拠もなかったが、そんな思いが、私の胸の内を駆け巡っていた。

9

月末はすぐにやってきた。

私がコーマワークセンターに着くと、仲野泰子さんはすでに到着していた。

神殿のようなコンクリート製の太い円柱が建ち並ぶ、広いロビーの一角で、品の良いシンプルなデザインのワンピースを着た仲野泰子さんが、じっとソファに座って待っていた。

「今日はご無理を言ってすみません」

ロビーに入ってきた私の姿を認めると、泰子さんは立ち上がっておじぎをした。

前に会った時にも思ったことだが、やはり綺麗な人だった。背はすらりとしていて高く、羨ましいくらいに細身でスタイルが良かった。ずっと座業ばかりで、最近太り気味の私とは大違いだ。

年齢は私と同じ四十歳前後だろうが、良い意味で年相応の美しさと魅力を保っており、同性の私でも好感の持てる佇まいが彼女にはあった。

あまり会話もないまま、私たちは受付で指示された部屋へと向かった。

事前に仲野泰子さんを連れて行くことは伝えてあったので、相原も応対に出てくるかと思っていたが、所用か何かで不在らしく、カンファレンスルームに現れたのは技師の榎戸一人だけだった。

榎戸は、相原から浩市と仲野泰子さんのセッションを執り行うように指示されており、私が予想していたのとは違って、最初からセンシングを行うことが前提で事前のミーティングが始まった。

浩市自身の意思の確認が出来ていない点について気になったが、その事に関する榎戸の答えは、浩市の方にセンシングをする意思がなければ、そもそもセンシング自体が不成立になるから心配いらないという、至極もっともなものだった。

事前の説明とミーティングが終わると、榎戸は準備のために部屋を出て行った。泰子さんも看護師に伴われて出て行ってしまうと、私の方はまったくやることがなくなってしまった。

別の看護師がやってきて、浩市と泰子さんのセンシングのセッション成立には、数時間を要する可能性があると伝えてきた。

いつもは自分がセンシングを行う立場なので忘れていたが、センシング中には数分や数日のように感じていたとしても、目が覚めれば経過しているのは数時間ということが多かった。待つ立場としては、いささかしんどい時間だ。

部屋を借りて仮眠を取るという手もあったが、外に出ることにした。コーマワークセンターには何度も来ているが、車で来て車で帰るだけで、よくよく考えると、周囲を歩いてみたことが一度もなかった。

コーマワークセンターの本棟を出ると、私はセンターの正門の方へと向かった。

国道を挟んだ向こう側は、西湘の海と砂浜が広がっている。暫くの間、風に当たりながら砂浜を散歩して、それから戻るつもりだった。

海岸線に沿ってくねくねと曲がった国道は、上下ともに幅の広い一車線で、平日で車の数が少ないせいか、どの車もかなりの速度で飛ばしていた。

正門の前には信号も横断歩道もなく、私は車が途切れるのを待ってから、一気に国道の向こう側へと走った。

ガードレールの向こう側には砂浜が広がり、西湘の海があった。

私の記憶の中にある、あの島とは、かなり様相の異なる海だった。

海水浴シーズンはとっくに過ぎており、砂浜にはサーファーの姿すらない。打ち寄せる波を象って、浜の至る所に赤茶色をした海藻が打ち上げられ、嫌な臭いを放っている。

そういえば、夏にも何度かコーマワークセンターを訪れたが、その頃に海岸線を運転している時に見えた、いくつもの海の家や仮設のビアガーデンは、今は一軒もなかった。残骸すらもない。人の賑わいも消えている。

少し歩くと、私はすぐに疲れてしまった。

足元は踵の高いサンダルで、あまり砂浜を歩くのに適しているとは言えなかった。ジーンズが砂で汚れるのも構わずに、私は砂の上に腰掛けた。

風は涼しかった。波も穏やかに白い泡を立てている。

砂浜に人影はまばらだった。

サングラス姿でジョギングをしている女の人。

犬を連れて散歩中の白髪の男性。

何をするでもなくぶらぶらと歩いて行く、あまり若いとはいえないカップル。

砂浜に座ったまま、大きく左右を眺めて目に入ったのは、そのくらいだった。

膝を抱えて海の様子を眺めているうちに、私は何だか、うとうととした気分になってきたが、居眠りするのは怖かった。

SCインターフェースによるセンシングを初めて体験してから、ずっと感じていることだが、眠ってしまうと、何となく夢と現実の区別がつかなくなってしまいそうな、そんな漠然とした不安感があった。

それは多くのセンシング経験者が感じることだと榎戸からは言われていた。眠れないようなら睡眠導入剤を処方するようドクターに相談しますが、と実に紳士的かつ事務的に彼は助言をくれた。

私は眠ってしまわないように、砂浜から立ち上がった。

気分は相変わらず、すぐれないままだった。歩きにくいのでサンダルを脱ぎ、両手に一つずつ持って素足で生暖かい砂の上を歩いた。

暫く歩くと、私は奇妙な人影を見つけた。

高校生くらいだろうか。タンクトップにハーフパンツという軽装で、その男の子は、腕に何かの機械を装着し、砂浜を行ったり来たりしている。最初は砂浜の清掃ボランティアか何かだろうかと思ったが、どうやらそんな様子でもない。

私は足を止め、少し離れた場所から、その少年を眺めた。

彼が持っている機械は、私の知っている限りでは、前腕部だけで支えるタイプの松《まつ》葉杖《ばづえ》に形が良く似ていた。長い杖状の形をしていて、U字型のカフで、肘のところで固定するようになっている。

松葉杖と違うのは、手で握るグリップの部分に、小型の液晶モニタのようなものが付いている点だった。モニタの下部には、箱状の本体らしきものが付いており、松葉杖でいうところの先端部分が、円盤状になっている。

暫く眺めていると、少年が漫然と砂浜を行き来しているわけではないことがわかってきた。少年は、手にしている機械を、幅一メートルほどで左右に振りながら、帯状にまんべんなく、道具の先端で砂浜を探っている様子だった。

少し離れた場所に、レジャーシートを敷いて座っている、少年と同い年くらいの若い女の子がいた。

少年は、その女の子の近くを行き過ぎる度に、何か声を掛けていた。

その度に、女の子は妙に嬉しそうな顔をして少年に向かって何か返事をしている。

彼がいったい何を目的にしているのか、その機械がいったい何なのか、私は無性に知りたくなった。

私は、まず女の子に声を掛けてみることにした。

何となく、そちらの方が気やすいような感じがしたからだ。

私は女の子に近寄って行った。肩の出たキャミソール風の上着に、膝上丈のバミューダジーンズを穿いている。髪の毛はすごく短くて、まるで男の子のようだった。膝を抱えるような体勢で座り、足の指の爪を切っている。

「こんにちは」

女の子が全ての爪を切り終えるのを待ち、声を掛けた。爪切りの中の切りかすを砂の上にパラパラと捨てていた彼女が顔を上げ、戸惑った表情を見せた。

「ちょっと気になってしまったのだけれど」

視線で少年の方を示し、私は言った。

「彼は何をやっているんですか」

「ああ」

女の子も、少年の方を見て頷いた。

「宝探しです」

意味がわからず首を傾げた私に向かって、女の子は付け足すように言った。

「あれ、金属探知機なんです。ああやって、砂の中に埋まっているものを探すんです」

「へえ……」

「ちょうど今くらいの時期だと、夏に海水浴やサーフィンに来た人たちが落としていった、指輪とかのアクセサリーが見つかったりするんだって」

女の子はそう言って笑うと、レジャーシートの端に寄り、私に座るよう促した。軽く会釈して、彼女の隣に腰掛ける。

「今日、見つかったのはこれだけ」

レジャーシートの端に並んでいるものを女の子は指し示した。

韓国語が印刷されたジュースの王冠、パチスロか何かのコインが数枚、それから、安価そうなネックレスの切れ端。並んでいるのは、そんなゴミのようなものばかりだった。

「前に、プラチナの指輪を見つけた時は、お店に持って行ったら十万円くらいになったこともあるんですよ」

「面白い趣味ね」

私がそう言うと、彼女は少し微笑んでみせた。

彼女の話によると、これは《トレジャーハンティング》と呼ばれるホビーで、アメリカの西海岸などでは、わりとポピュラーな趣味なのだということだった。

日本でも、だんだんと知られてきており、海水浴シーズンの終わった今時分の季節などは、自分たち以外にも、金属探知機を用意して砂浜を探索している人に、時々遭遇するということだった。

「お近くに住んでいらっしゃるんですか？」

彼女がそう聞いてきたので、私は軽く首を横に振った。

「すぐ近くに病院みたいな施設があって、そこに用があって……」

私と女の子が座っている場所からも、コーマワークセンターの鏡張りの外壁を望むことが出来た。

外観からは、それが私の言う「病院みたいな」施設だとは、女の子はきっと気付かないに違いない。

「どなた」

波打ち際の方で地中を探っていた少年が、折り返し戻ってきた。

「えーと」

女の子が私を見て、困ったような表情を浮かべた。

そういえば、私は自分の名前すら名乗っていなかった。

「あ、和といいます」

「カズ？」

「えーと、和風の和の字、一文字だけの苗字《みょうじ》で……」

私がそう言うと、どういうわけか二人は顔を見合わせて、声を立てて少し笑った。

「珍しい苗字ですね」

「ええ、まあ」

どんな顔をしたら良いのかわからず、私は曖昧な笑顔を返した。

「その機械が何なのか、気になったんだって」

女の子がそう言うと、男の子は手に取り付けた金属探知機の先端を砂の上から少しばかり上げた。

「これ？」

私は頷いた。

「やってみる？」

腕から金属探知機を外し、少年は私の方へと差し出した。

遠慮したが、女の子が頻りに勧めるので、私はやってみることにした。

と、いうよりも、実はやってみたいと思ってうずうずしていたのだ。

少年からそれを受け取ると、私は簡単に使い方のレクチャーを受けた。

センサーが探知出来る範囲や深度を設定し、モニターの見方を教わった。ひと通り使い方がわかると、私は少年にお礼を言おうとしたが、まだ、二人の名前を聞いていないことに気が付いた。

「あの」

「あ、私は岬《みさき》っていいます」

こちらの考えを察したかのように女の子が言った。

「岬？」

「ええ。いい名前でしょう。お母さんが、漫画の主人公の名前から取ったんだって」

そう言って女の子は……岬ちゃんは、ころころと笑ってみせた。

もしかしたら、それは私の描いた漫画のことかもしれないと思ったが、言っても詮ないことなので黙っていた。

現在、私が単行本用に最終回を描いている、『ルクソール』という漫画の主人公も、同じ岬という名前だった。

だが、今、目の前にいる岬ちゃんは、私の漫画に出てくる岬のイメージとは、ずいぶんとかけ離れていた。

むしろ、彼女は私の若い頃の姿に似ていると思った。

男の子っぽくて線が細く、全然色気が感じられないところなど、そっくりだ。

「それから、彼は……」

岬ちゃんは、私の傍らに立っている少年の方を見た。

「そうね、彼の名は、キ……ウチ、カ……ズオ。うん。木内一雄《きうちかずお》くん」

仰ぐように空を見上げ、唇に人差し指を当てて、岬ちゃんは、まるで今、考えついたかのように少年の名を言った。

私が少年の……一雄くんの方を見ると、彼はにこにこと笑って頷いた。

「二人とも、高校生くらいかしら。お付き合いしているとか？」

私がそう言うと、岬ちゃんは手の平を口に当てて、さも可笑《おか》しげに笑った。

「違うわ」

岬ちゃんは首を軽く左右に振った。

「じゃあ、兄妹？」

「ちょっと近づいたかな」

そう言って岬ちゃんは、目配せするように一雄くんの方を見た。

「姪《めい》と……叔父の関係になるのかな」

「そうだね」

一雄くんは頷き、砂の上に腰掛けた。

二人は、殆ど同じくらいの年齢に見えたが、岬ちゃんが姪で、一雄くんが叔父だというなら、一雄くんは、岬ちゃんの父親か母親の弟ということだろう。

「じゃあ、私たちはここで休んでいるから、宝探しに挑戦してきたら」

岬ちゃんは片手で軽くガッツポーズをつくり、私に行ってくるよう促した。

とりあえず私は、先程まで一雄くんが探していた辺りとは違う方へと向かった。

ここからここまでという範囲を適当に決め、三十分か一時間、探してみて、何も出なければ諦めるつもりで探索を始めた。

砂の上数センチの高さにセンサーの円盤部を保持しながら歩くのは、思っていたよりも大変だった。

金属探知機自体も、見た目よりずっと重く、ただ持っているだけならともかく、それを同じ高さに保ちながら振って歩くのは、なかなかの重労働だった。

普段は座業で、特に運動などもやっていないから、すぐに腰が痛くなってくる。

砂浜を行き来しながら、ふと振り返ると、一雄くんは岬ちゃんに膝枕をさせて、レジャーシートの上にごろ寝していた。

顔にはタオルが掛かっている。丁度、疲れていたところに私のような者が現れたから、休むことにしたのだろう。

一雄くんに膝を貸した岬ちゃんが、私の視線に気が付いて軽く手を振ってきた。

それは、何だかとても微笑ましい光景だった。

ふと、もし二十代の頃に私が子供を産んでいたら、きっと今は、あの岬ちゃんくらいの年齢なのだろうな、と思った。

私は漫画ばかり描いてきて、とうとう結婚もしなかったし、子供も産まなかった。年齢的にいっても、私が自分の子供と出会う機会は、もうないだろう。私は母にはなれなかったが、母が私を見る時の気持ちは、こんな感じだったのだろうか。私が漫画家を目指すと言って高校を辞めた時、母はいったい何を思ったのだろう。

そんなことを考えている時、ふと、手元でブザーが鳴り出した。

私は慌てて金属探知機のモニターを見た。地中に何かしらの金属が埋まっていることを示し、表示部の一部が点滅している。

私はその辺りの砂地の上を探り、センサーが最も強く反応する一点を見つけた。

金属探知機のスイッチを切り、砂の上に置くと、私は太陽光で温かくなっている砂を両手で掻き分けた。

目的のものは、なかなか砂の中から姿を現さなかった。

欲張ってセンサーの深度を深めに設定したのが良くなかったのかもしれない。目的の金属が地中数十センチのところにあるのなら、たとえ海岸の柔らかい砂の中であっても、手で掘り返すのはひと仕事だ。その末に、出てきたのが王冠やジュースの空き缶だったりしたら、がっかりだ。

それでも、私は砂を掘り続けた。時々、手を休めては、見当違いのところを掘っているのではないことを確認するために金属探知機の電源を入れて反応を見た。

正座のような形で砂の上に座り込み、かなり大きな砂の山をいくつか、こしらえたところで、何か金属の固まりらしきものが砂の中から現れた。

私はそれを拾い上げた。

丁度、手の平の上に載るようなサイズだった。

全体にかかった砂を払い、溝の間に詰まった砂を小指の爪の先でこそぎ落とした。

丸い胴体の前後に生える、海亀のような四つのヒレ。長い首の先についた蛇のような小さい頭。

それは間違いなく、首長竜の金属製の模型だった。

いや、模型ではなく置物だろうか。

手の平の上に載せてみると、小さいが、かなりの重量感がある。

真鍮か何かだろうが、重さからすると、中は空洞ではなく、芯まで金属が詰まっているような感じだ。鋳物だろうか。

暫くの間、私はそのプレシオサウルスを表にしたり裏に返したりして眺めていたが、やがて妙な嬉しさが込み上げてきた。

これは確かに宝探しだ。この真鍮のプレシオサウルスが高価なものなのかどうかはわからないが、砂の中から自分の力で見つけ出した喜びで、私は子供のように興奮していた。

波打ち際へ行き、打ち寄せる海の水で、まだ少し砂で汚れている首長竜の模型を洗った。

思いつきで、首長竜を波打ち際の砂の上に置いてみると、重量のせいか、二、三度の引き波で半分ほど砂の中に埋まってしまった。

私は再びプレシオサウルスを砂の中からすくい上げ、水で洗った。

「何か見つかったんですか」

後ろから声が聞こえた。

いつの間にか、私の背後で腕を後ろに組み、岬ちゃんが肩ごしに私の手元を覗き込んでいる。私は立ち上がり、すっかり砂の洗い落とされたプレシオサウルスの置物を、彼女に見せた。

岬ちゃんは「わあ」と言って瞳を輝かせ、私の手からそれを受け取り、陽の光にかざすようにして、それを眺めた。

「素敵ですね。でもこれ、何の生き物だろう」

「きっとプレシオサウルスよ」

「恐竜ですか」

「うん」

恐竜とは確か、陸に棲んでいたものだけを指す筈だから、首長竜を恐竜と呼ぶのは正確ではないが、私はひと先ず頷いた。

「でも、脚じゃなくてヒレがついてますよ」

「そういう恐竜なのよ。深い海に棲んでいたんだわ」

「へえ」

感心したように岬ちゃんは頷いた。

プレシオサウルスを掘り当てた辺りを見ると、砂の山のところに置いておいた金属探知機はもうなかった。見ると、一雄くんは再び、先ほどまでと同じ場所で、宝探しを再開している。

「はい、これ」

岬ちゃんが私の手に真鍮のプレシオサウルスを返してきた。

「私がもらっていいのかしら」

受け取りながら、私は言った。

「いいんじゃないですか。見つけた人のものですよ」

飄々とした様子で岬ちゃんは言った。

大事なものを手に持つように、私は両手でそれを包み込んだ。

「ありがとう。とても楽しかったわ」

私がそう言うと、岬ちゃんはにっこりと微笑んだ。

「私たち、いつもこの辺りにいますから、見かけた時はいつでも声を掛けてくださいね」

きっとそうする、と頷いて、私は岬ちゃんに別れを告げると、コーマワークセンターの方へと歩き出した。

途中、振り向くと、もう二人の姿はそこにはなかった。

無人の砂浜に、波だけが静かに打ち寄せている。

手の平の上に載せたプレシオサウルスの金属製の模型を見ながら、私という人間は、どうも首長竜に縁があるな、と思った。

いつだったか、母と、それから、まだ小さかった浩市と三人で、井荻にあった爺さんのラーメン屋に遊びに行った時も、首長竜の絵を描いて持って行った。あの時、私がスケッチブックに描いたプレシオサウルスは、マジックで無惨に脚を描き足された。

そうだ、この首長竜の模型は、仕事場の私の机の上に飾ろう。

雑貨屋か何かで、グラスの下に敷く布製のコースターを買ってきて、その上に載せれば、なかなか可愛らしいインテリアになりそうだ。

うきうきとした気分でコーマワークセンターに戻り、ビジターカードを使って待合室に戻ると、さっそく看護師がやってきて、浩市と仲野泰子さんのセンシングが終了したことを私に告げた。思っていたよりも、ずっと早くに同調が得られたらしい。

だが、当の仲野泰子さんは、浩市との初めてのセンシングで、かなり気分が悪くなったようだった。

泰子さんが気分を害した理由は何となく想像がついた。

きっと浩市は、また自殺という形で、一方的に泰子さんとのセンシングを中断したのだ。

私も何度か経験しているが、時に浩市は、かなりショッキングな方法で、それを試みる。

現実との境目がうまく摑めないほどの高次のセンシングなら、現実に目の前で見たのと変わらない精神的なダメージを相手に与える。

看護師によると、仲野泰子さんは、センシングルームを出た後、内科の医師の診察を受けているらしい。センシングの終了後に、必ず行われるアフターセッションは、彼女の体調が回復するのを待ってから行われるということだった。

「あのう」

看護師が、おずおずと手にしていたペットボトルのお茶を私の方に差し出した。

「良かったら、どうぞ」

「ああ、はい。ありがとう」

ボトルを受け取り、私はキャップを開いた。

看護師はじっと、お茶に口をつけている私の様子を窺《うかが》っている。

訝しく思い、部屋を出て行く素振りを見せない彼女に向かって私は言った。

「何か」

「あの……中学生くらいの頃から、ずっと先生のファンなんです。私も、ええと、漫画家を目指していたことがあって、先生の作品のキャラで同人誌をつくったり……」

私は心の中で舌打ちした。

今、気が付いたが、この子は確か、以前にも私に話し掛けてきた看護師だ。この間は、センシングルームへと向かう私を案内する途中で声を掛けてきた。

「もし良ければ、後で色紙を持ってきますから、何か描いてもらえませんか」

良いわけがない。こんなプライベートな場所で、色紙など求められるのは迷惑だった。

この施設は職員にどんな教育をしているのだろう。患者やその関係者のプライバシーには、かなり気をつけなければならない施設だと思うのだが。

否も応も言わず曖昧に笑っている私の前で、看護師はもじもじと突っ立っている。

「あれ、武本《たけもと》さん。こんなところで何やってんの」

そう言いながら部屋に入ってきたのは榎戸だった。

「君、今日はこっちの担当じゃなかったよね」

武本と呼ばれた看護師は、肩を竦めて私の方を見た。

妙な友達意識を持たれるのも嫌だったし、親しくなる気もなかったので、私は彼女から目を逸らし、窓の外を見た。

「ナースステーションに戻って自分の仕事をしてください」

うんざりしたように榎戸が言う。

「すみませんでした」

あまりすまなさそうでもない感じでそう言うと、武本は軽く頭を下げ、部屋から出て行った。

「和さんは漫画家さんだそうですね」

武本が出て行くのを待ち、席につくと、榎戸が口を開いた。

「ええ、まあ」

「僕は漫画のことはよく知りませんが、人気もあるそうで」

「はあ」

榎戸が何を言わんとしているのかわからず、私は生返事をする。

カンファレンスルームの大きな机からケーブルを引き出し、榎戸は持ってきたノート型端末にそれを接続した。

「すみません。よく注意しておきます。最近になって和さんの弟さんが入院していることを知ったようで……」

先ほどの武本とかいう看護師のことを言っているらしい。

「彼女の言うことは、絶対に聞かないでください。色々と問題のある子なんですよ」

私は頷いた。言われなくても親しくする気はない。

「仲野泰子さんの具合は、どうなんですか」

端末機の準備を終え、画面を見つめながら何やらマウスホイールを動かしている榎戸に私は言った。榎戸はマウスを操る手を止めて私を見る。

「まあ大丈夫だと思いますよ。ただ……」

榎戸は眉を顰めてみせた。

「事前に注意はしておいたんですがね」

「やっぱり、最後はまた自殺ですか」

「ええ、そうです」

榎戸は頷き、再びノート型端末の画面を見た。

「ええと、今日の……仲野泰子さんですか。弟さんと生前、お知り合いだったという」

「生前だなんて、そんな。まるで死んだみたいに……」

あまりに失礼すぎると思い、私はそう言った。

「ああ、すみません。失言でした。弟さんが自殺未遂を起こす前に……」

「わざわざ言い直さなくてもいいですよ」

不愉快な調子が表に出ないよう、気持ちを抑えながら私は言った。

「普通は親兄弟でもない限り、最初のセンシングが成立するまでに数回のトライアルが必要なんですがね。仲野さんの場合は、初回から会話やイメージの共有まで行うことが出来ました」

悪びれた様子もなく、榎戸はいつもの眠くなるような淡々とした口調で話し始めた。

榎戸の言葉に耳を傾けながら、私は、初めて浩市とSCインターフェースでのセンシングを行った時のことを思い出した。

私の場合は、浩市と最初から会話やイメージの共有まで行うような高度なセンシングは出来なかった。もっと曖昧模糊《あいまいもこ》としていて、モザイクの掛かった夢を見ているような、ぼんやりとしたものだったが、そこには確かに、自分ではない他者の存在が感じられた。

初めてのセンシングから覚醒すると、私は多くのセンシング初体験者がそうであるように、ひどい酩酊《めいてい》感と吐き気を感じ、数日の間は頭痛や眩暈に悩まされる羽目になった。

――それはまるで『胡蝶の夢』のようだね。

SCインターフェースによるセンシングにも慣れてきた頃、私にそう言ったのは、杉山さんだった。

「そんなにロマンチックなものでもないです。夢を見ているような感じだというのは、確かにそうですけど」

「ああ、そうなんだ」

杉山さんは、ベッドの端に腰掛けて煙草を吸っていた。

新人の頃、私が住んでいたワンルームマンション。部屋の隅に、壁に押し付けるようにして置いてあった安物のシングルベッド。

「弟の場合は、そのままの自分の姿でセンシングしてきますしね」

「そうじゃない場合もあるの?」

鼻からゆっくりと煙を吐き出すと、杉山さんは傍らのテーブルの上に置いてある灰皿の底で煙草を揉み消した。

灰皿はヘビースモーカーである杉山さん用に、私が買って用意しておいたものだった。その頃、私はまだ煙草を吸う習慣はなかった。

「そうじゃないことの方が多いみたいですよ。お年寄りは若い頃の姿、子供だと動物やアニメのキャラクターの姿を借りることも多いって、コーマワークセンターの技師の人が言ってました。自分の等身大の姿でセンシングしてくる患者は、本当に稀なんだそうです。夢なのに、夢がないというか……」

「和さん」

不意に榎戸の声がして、私は我に返った。

「聞いていますか？」

辺りを見回すと、そこは先ほどまでと変わりない、コーマワークセンターのカンファレンスルームだった。

私は頭を左右に強く振り、目頭を指先で押さえた。

まただ。

「ごめんなさい。今ちょっと、考え事を……」

「まあ、いいですけどね。後は仲野さんがこちらに来てからにしましょう」

そう言って榎戸はノート型端末の蓋を閉じた。

仲野泰子さんが、看護師に付き添われて、この部屋に姿を現したのは、それから十数分後のことだった。顔色は蒼白《そうはく》で、口元にはハンカチを当てていた。足元はふらついていて、かなり具合は悪そうだった。

「大丈夫ですか」

私は立ち上がり、空いている席のひとつを泰子さんに勧めた。

「ええ。ちょっと気分が悪くなっただけですから」

泰子さんが無理に口元に笑みを浮かべて言う。

榎戸が、付き添ってきた看護師に声を掛けた。

「どうなの?」

「先生にお薬を出してもらって、さっき飲んだところです」

「本当に大丈夫ですから」

泰子さんが言った。

私と榎戸は、お互いに顔を見合わせた。私はひと先ず席に座り直し、榎戸はスリープ状態になっていたSCインターフェースの端末機を、再び立ち上げた。

「ええと、ご気分は……聞くまでもないか」

「驚きました。あんなに現実的だとは思ってませんでしたから。まるで本当に浩市くん……いえ、浩市さんに会ったような……」

「現実に会ってますよ。SCインターフェースを介した、精神的なレベルでという意味ですけどね」

淡々とした口調で榎戸が言う。

「由多加とのセッションは、あんなに現実的じゃありませんでした。もっと抽象的で、ふわふわとした感じで」

泰子さんの言葉に榎戸が頷き、端末機の画面を見ながらマウスホイールを動かした。

もしかしたら、仲野泰子さんと、彼女の息子である由多加くんが、以前にこのコーマワークセンターで行ったセッションの記録を見ているのかもしれない。

「夢というものは、それを見ている人にとっては、非常に現実的なものとして感じられる場合がある。SCインターフェースによる機械的コーマワークも、それとよく似たところがあります。ところで、浩市さんはセッションを終了する時……」

「自殺しました」

榎戸が全部言い終わらないうちに、泰子さんは言った。

「拳銃をこめかみに当てて」

それはおそらく、前に私が浩市とセッションした時と同じパターンだろう。

サリンジャーの小説に出てくる、オルトギース自動拳銃。

「セッションの前にもお伝えしましたが、和浩市さんは、以前に自殺未遂を図っています。その時に負った脳外傷が元で、現在、遷延性意識障害により、当施設での治療とコーマワークを行っています」

「はい」

泰子さんが頷いた。

「浩市さんには、現在も強い自殺願望があるようです。他の方とのセッションでも、突如、自殺という形で一方的にセンシングを中断することがあります。そのことは事前にご注意したと思いますが」

「はい。でも、実際に目の当たりにすると……」

「そうですね。お察しします」

「あの」

私はかなり勇気を出して話に割り込んだ。

「何です」

「以前に弟が『バナナフィッシュ』という作品について……」

「バナナフィッシュ？」

榎戸が怪訝そうな表情で言った。

「何ですか、それは」

「サリンジャーという作家の短篇小説なんですけど」

榎戸に、それに対する知識がないことを、少し意外に思いながら私は言った。

「いや、僕は、文学とかには全然興味がないもので」

ぶっくさと言い訳めいた口調で榎戸が言う。

「そういうタイトルの作品があるんです。主人公は、最後には自殺しちゃうそうなんですけど……ピストルで」

「へえ。何でまた」

さほど気を引かれた様子もなく榎戸が言う。

私は何だか、すごく突拍子もないことを言い出したような気になり、恥ずかしくなって顔を俯かせながら言った。

「弟が言うには、その小説の主人公は、自分の置かれている状況が現実なのか、そうじゃないのか、試したかったんじゃないかって」

「なるほど。なかなか興味深い話ですが、まさかそれが弟さんの自殺の理由だなんて思っているわけじゃないですよね」

「それは……はい」

私は小さな声でそう言った。

端末機の画面に視線を戻した榎戸のかわりに、口を開いたのは泰子さんだった。

「『ナイン・ストーリーズ』のうちの一篇ですよね」

「え？」

私は泰子さんの方を見た。

先程に比べると、大分、顔色も良くなってきている。

「サリンジャーの……」

「あ、そうです。お読みになったことが?」

「ええ、まあ。由多加もその小説を読んでいて、とても気に入っていて」

「そうですか」

「和さん」

端末機の画面を見ていた榎戸が、不意に声を上げた。

「弟さんと、その『バナナフィッシュ』という小説について話したというのは、いつのセッションのことです」

「二、三回前のセッションの時ですけど……」

あれはかなり嫌な幕切れだった。SCインターフェースで繋がったお互いの意識の中で、私は『胡蝶の夢』の荘周のように、自分がセンシングの真っ最中であることを忘れ、自宅のリビングらしき風景とイメージの中で、浩市と会ったのだ。

浩市はリビングの中央で、自分の頭を拳銃で撃ち抜き、部屋中に血と脳漿を飛び散らせて死んでみせたのだ。

「おかしいな」

頻りに手元のマウスホイールを動かしながら榎戸が言った。

「少なくとも、こちらの記録では、センシング中にそういう会話はなかったと思うんですが」

「そんな筈は……」

「念のため、数回前のセッションまで記録を遡って調べてみましたが、やっぱりありませんね」

榎戸がきっぱりとした口調で言った。

センシングの内容については、かなり細かなところまで、きっちりと記録《カルテ》が取られている。特に、私と浩市のように、高度な現実感を伴うセンシングの場合は、口にした言葉の一つ一つまで、正確に記録されている筈だった。

また、膨大な容量のバックアップデータを要するので、必要な場合以外は行わないらしいが、センシングの内容そのものを全て保存し、第三者がその内容にアクセスすることも可能らしい。

どちらにせよ、榎戸は、私と浩市のセンシングの際には、神経工学技師として、Mコンソールを操作し監視するため、セッションの殆どを、私と同様に把握している筈だった。にもかかわらず、榎戸が、私と浩市がセンシング中に交わした会話に憶《おぼ》えがないというのも不思議だったし、記録の中にもないというのも、奇妙に思えた。


「変ですね。記憶違いでは」

榎戸も、そのことを妙に思っている様子だった。

「そうかもしれません。弟が自殺未遂を起こす以前に、そんな話をしたのかも」

否定しなかったのは、何かそのことについて深く追究すると、恐ろしい考えに至りそうな気がしたからだ。

私の頭の中に、また、あの南国の海の磯浜に立つ、先端に赤い布を括り付けた竹竿のイメージが広がった。

――ここは危険な場所だから近づくな。

そういう意味と象徴なのだろうと、以前、医師の相原は言っていた。

「相原先生はいますか」

突然、ドアがノックされ、返事も待たずに大きく開かれた。

先ほどの、武本という看護師だった。

「相原先生、こちらですよね」

うんざりした様子で榎戸がドアの向こうに立つ武本の方を見た。

「いないよ。他を探してくれ。それから、ドアを開ける時は、ノックをした後、返事を待ってから……」

どういうわけか、武本はふくれっ面をして泰子さんの方を見つめている。

「あなた、何でここに？」

泰子さんが呟いた。

妙な空気だった。

もしかしたら、由多加くんが入院していた時に、二人は面識があるのだろうか。

榎戸が、不愉快そうな調子を隠さず、ドアの前に立っている武本に向かって強い調子で言う。

「出て行きなさい。今日は相原先生はアフターセッションには参加していない。患者さんのご家族に失礼だろう。ナースステーションに戻って自分の仕事をしなさい」

「失礼しました」

憮然《ぶぜん》とした表情で武本は言うと、ドアを強く閉めて出て行った。

「何だってんだ、まったく」

独り言のように榎戸が呟く。

泰子さんは、また少し気分が悪くなった様子で、ハンカチを取り出して口に当てた。

「三十分ほど休憩して、セッションの内容については、それから話し合いましょう」

少し苛ついた様子でそう言い、榎戸はやや乱暴に机の上の端末機のキーボードを叩いてターンオフし、立ち上がった。

「本当に失礼しました。厳重に注意しておきます」

書類の挟まったクリップボードを小脇に抱え、榎戸は大股で部屋から出て行った。

私は既視感のようなものを感じていた。前にも、同じようなことを経験しているような、そんな感覚。

「何だか……」

思わず私はその気持ちを口にしていた。

「え、何です」

ハンカチを口に当てていた泰子さんが顔を上げる。

「デジャヴュっていうのかしら。前にも同じ体験をしたような気が……」

泰子さんは何も言わなかった。

「気のせいかしら」

釈然としない気分のまま、私は部屋に二人きりで残された泰子さんに聞く。

「浩市とは、どんな話をしたんですか」

泰子さんは首を傾げ、私に向かって微笑んでみせた。

「そうですね、浩市さんの子供の頃の話とか」

「子供の頃？」

「西武線の沿線でラーメン屋をやっていたお爺さんの話とか、それからカンカン虫がどうとか」

その話なら私にも覚えがある。

「あの子がそんな話をしたんですか」

「それから、プレシオサウルスの絵を描いて、お爺さんへのプレゼントに持って行ったって」

私は、先程このコーマワークセンターの近くの砂浜で拾った真鍮製のプレシオサウルスのことを思い出した。

「それは、でも……」

結局、無知だった爺さんに、こんなものはいるわけがないと決めつけられ、マジックで無様に脚を描き足されたのだ。

「浩市さんはこう言ってました」

私の言葉を遮り、泰子さんはじっと私の方を見て言った。

「僕の、完全なる首長竜は壊された……って」

窓の外に広がる西湘の海の向こうで、何か巨大な生物のヒレが、波しぶきを立てて翻ったように見えた。

私は思わず立ち上がり、窓の方へと、二、三歩、よろめくように歩いて行った。

「淳美さん？」

泰子さんの声がした。

私は窓を大きく開いた。

潮の香りを含んだ強い風と、国道を行き交う車の音が、一気に窓の外から飛び込んでくる。

窓枠を強く摑み、私は半ば身を乗り出すようにして、今、自分が目の端で捉えたものを探した。

午後の日射しに照り返す海の上では、色とりどりのウィンドサーフィンのセイルが波間に揺れている。

私は、固く目を閉じ、手の甲で瞼の上から両目を強く押さえた。

今、見たものは、そのセイルのうちのひとつを見間違えたのだろう、私はそう考えることにした。

そうに決まっている。

10

「こんな感じでいいですか、先生」

真希ちゃんが持ってきた色紙を見て、その仕事の完璧さに、私は溜め息が出そうになった。

「ごめんね。久しぶりに顔を出してくれたのに、こんなつまらない仕事お願いして」

「いいえ、お安い御用ですよ」

笑顔を浮かべて真希ちゃんはそう言うと、自分の席に戻った。

うん。これなら大丈夫だろう。

どこからどう見ても、私の描いた色紙に見える。

机の上の筆立てから油性のマジックを取ると、丁寧にコピックで着色され、カラーで仕上げられた色紙のイラストの横に、私はサラサラと自分のサインを入れた。

あの日、コーマワークセンターでのアフターセッションを終えた後、私は仲野泰子さんを車で駅まで送って行こうとしたが、泰子さんはそれを遠慮した。

彼女はタクシーを呼び、私は先にカンファレンスルームを出ると、エントランスに向かうためにエレベーターに一人で乗り込んだ。

ドアが閉まる一瞬、飛び込んできたのは、あの武本という看護師だった。

「ああ、良かった。間に合った」

息を切らす彼女の手には、大判の色紙があった。

「あの、すみません。さっき言った……」

榎戸は、いったいこの子にどのような厳重な注意をしたというのだろう。

私は内心、苛々としながらも、武本に向かって笑顔を投げかけた。

「何のことかしら」

「ですから、イラスト入りの色紙を描いてくださいって、さっきお願いしたじゃないですか」

無遠慮にそう言うと、武本は私の胸元に色紙を押し付けてきた。

仕方なく、私はそれを受け取った。

「あ、それから」

武本は白衣のポケットから紙片を取り出す。

「イラストはカラーでお願いします。希望するキャラクターや構図については、ここに詳しく書いておきました」

差し出されたメモを見て、私はまたぞろうんざりした気持ちになった。

編集者だって、こんなに細かくは指定してくるまい、というくらいにキャラクターの表情や髪型やコスチュームについて細かく希望が書かれている。

しかも、そんな設定はない作品中の男性キャラクター同士が、抱き合ってキスをしているイラストをご所望の様子だった。

「これはちょっと……」

さすがに断ろうとして、私が武本を見ると、背の低い彼女は、頬を紅潮させ、期待に潤んだ瞳で私を見上げている。

「次に来院する時まででいいですから！」

エレベーターが止まった。

私が何か言おうとする前に、武本はナースステーションのあるそのフロアでエレベーターを降りてしまい、廊下の向こうに足早に去ってしまった。

手元に残された色紙とメモに目を落とし、私は溜め息をついた。

締め切りまであるのか。

面倒くさい。仕方ないから真希ちゃんにでも描かせよう。

そう決めた。どうせわかるまい。

そんな経緯の末に仕上がってきたのが、今、手元にある色紙だった。

武本が渡してきたメモに書いてあった細かい指定に、見事に応えた完璧な仕事ぶり。

私が自分で描いても、こうはいくまい。

「ねえ、真希ちゃん」

アシスタント用の机の上に散乱した数十本のコピックや、その他の作画用の道具を手早く片付けている真希ちゃんに向かって私は言った。

「最近、忙しかったんじゃないの」

「え？　ああ、はい」

「アンケートの結果、かなり良かったって沢野に聞いたわよ」

真希ちゃんは照れたような表情を浮かべた。

「はい。お陰さまで」

「原稿の方の執筆と、本誌連載の会議にかけるネーム作りを同時進行でやっているって聞いたけど」

「後編の原稿は、もう一週間くらい前にアップしました」

締め切りはまだ先だと思っていたので、私は少し面喰らった。

「それから、ええと」

真希ちゃんは少し遠慮がちな口調になった。

「本誌での連載、決まりました」

「えっ！　本当」

私が思わず声を上げると、真希ちゃんは困ったように肩を竦めた。

「何でもっと早く言わないのよ」

「だって先生、来るなりその色紙渡して、嫌な仕事なんだけど頼むって」

私は机の上に置きっ放しの色紙を見た。

「ああ、ごめん」

「だから、私もちょっと一段落ついたところなんです。そうしたら急に、先生のお顔が見たくなっちゃって」

「そう……良かったわね」

心からのお祝いの言葉を掛けてあげたかったが、正直、少々複雑な気分だった。

こんなに早く、トントン拍子に真希ちゃんの本誌連載が決まるとは思っていなかった。

漫画雑誌の誌面のページ数には限りがある。だから、新しい連載が始まる時には、必ずその陰に終わっていく作品がある。

　この場合は、明らかに私の漫画の打ち切りによって空いた枠に、真希ちゃんの作品が入り込んだのだ。

　内心は舞い上がるような気持ちであろうに、真希ちゃんが、どこか遠慮がちで、大っぴらに喜びを表に出さないのは、そのことを察して気を遣っているからだろう。

「ねえ、真希ちゃん、覚えてる？」

　私は真希ちゃんに向かって微笑んでみせた。

「何をです」

「あなたが売れっ子になったら、今度は私をチーフアシスタントに雇いなさいよっていう話」

　以前、私と真希ちゃんの間で交わされた冗談。その時の真希ちゃんは軽口を返してきてくれたが、今の真希ちゃんは、俯いて、ただ、「ええ」と力なく呟いただけだった。

「今日は他にもう、あんまりお願いする仕事もないわ。何だったら自分の仕事をしてくれていてもいいけど」

「あ、はい。ありがとうございます」

真希ちゃんは顔を上げた。

「あの、今日、夕方から沢野さんが食事に誘ってくれていて」

「あら。お祝い？」

「ええ、まあ。それで、もし良かったら、先生も一緒にどうかなって」

「私は遠慮しておくわ」

特にこれといった用事もなかったが、私はそう答えた。

「二人で頑張ってきたんでしょう。せっかくなんだから二人だけでお祝いしたらいいんじゃない」

「でも」

「大丈夫、大丈夫。沢野はああ見えて、ちゃんと仕事も出来るし、真面目だから、飲みに行っても口説いてきたり襲ってきたりはしないって」

私が冗談を言うと、やっと真希ちゃんは少しばかり微笑んだ。

「ほんと、漫画家と担当編集者がそんな関係になったりすると、後が面倒なんだから」

愚痴るようにぶつくさと言いながら、私は自分の机に戻った。

机の隅に置いてある布製のコースターの上に載ったプレシオサウルスの模型が、不意に目に留まった。

「ねえ、真希ちゃん」

妙な違和感を覚え、私はそのプレシオサウルスの模型を手に取った。

「この置物、いつからここにあるんだっけ」

これは先日、コーマワークセンターの近くで出会った二人……岬ちゃんと一雄くんから借りたハンディタイプの金属探知機で砂の中から見つけ出したのだ。

だが、ずっと以前から、この模型が机の上にあったかのような、不思議な錯覚を私は感じていた。

「それ、先生がご自分で買ってきたんじゃないんですか」

真希ちゃんがきょとんとした顔で言う。

「うん。……買ったわけではないんだけどね」

プレシオサウルスの模型を私は元の位置に戻した。

「真希ちゃん、今日、沢野に会うのよね」

「はい」

「だったら、もう殆ど単行本書き下ろし用のネームは出来ているし、四、五日、休暇にして留守にするからって伝えておいて」

「どこかにお出掛けですか」

「そうね。ほら、前に沢野にも勧められたじゃない。ちょっと気分転換に一人で旅行でもしてこようかと思って」

それは、まったく今、突然に思い付いたことだった。

「へえー、いいですね。どちらへ？」

「南の島」

「やっぱり、タヒチとかフィジーとかですか」

「まさか。国内よ。もっと近く。……でも、私にとってはタヒチとかフィジーよりも、ずっと遠い島かな」

私がそう言うと、真希ちゃんは不思議そうな顔をして首を傾げた。

鹿児島空港で国内線を乗り継ぎ、サンゴ礁に囲まれた島々を眼下に眺めながら一時間半ほど飛ぶと、左右の翼にプロペラのついた定員五十名程度の小さな旅客機は、その島に降り立った。

空港は、私の記憶の中の風景とは、だいぶ様子が違っていた。

平屋ではあるが、立派な鉄筋コンクリート造りの空港ターミナルが建っているのが、ゆっくりと滑走路を移動するプロペラ機の窓から見えた。

ステップを踏んでプロペラ機から降り、私は空港ターミナルに向かって歩く。

東京はもう、上着がなければ外に出るのも肌寒い季節に差し掛かっているが、こちらはまるで初夏のような陽気だった。

私は羽織っていた上着を脱いだ。腕には日焼け防止のアームカバーを着け、鍔《つば》の広い帽子に、UVカットのサングラスまで用意してきたが、そんな面倒な格好をしている人は、他には誰もいなかった。

そもそも、プロペラ機に乗っていた客自体が少なかった。観光シーズンでもない中途半端な時期だからか、私以外の十数名の乗客たちは、いずれも島の住人か、その親戚のようだった。

ターミナルで荷物を受け取り、空港を出ると、あまり広いとはいえない駐車場があった。

他の乗客たちは、皆、迎えに来ていた車に乗り込んで空港から去って行った。

車回しに、暇そうなタクシーが数台、並んでいる。プロペラ機から降りた客の中で、そちらに向かって歩き出したのは私だけだった。

今では殆ど疎遠になっていた母方の親戚の一人に連絡を取り、《猫家》のある場所については当たりをつけておいた。

何しろ、ほんの小さな子供の頃に来て以来なので、色々な記憶が曖昧だった。猫家の建物は、現在は誰も住んでおらず、道に面した石垣は崩れ、庭は荒れ放題だというが、建物自体は、まだちゃんと建っているということだった。

隣家に鍵を預け、お金を払って管理を頼んでいるそうで、その気があるなら泊まってもいいと言われたが、電気もガスも水道もない家に、女一人でキャンプ同然に宿泊する気にもならず、私は、空港とは島の反対側に位置する、フェリー港の近くの民宿を予約していた。

何だか黴《かび》臭いタクシーの後部座席につくと、私は初老の運転手さんに、民宿ではなく猫家の付近の住所を告げた。それで運転手さんも、私が普通の観光客ではないらしいと察したようだった。

「あなた島の人？」

窓の外を流れて行くサトウキビ畑の風景をぼんやりと眺めていると、不意に運転手さんが話し掛けてきた。私に合わせているつもりなのか、標準語らしく話しているが、その口調には強い島の訛《なま》りが感じられた。

「いえ。でも、ずっと以前に来たことはあるんです」

「じゃあ、親戚でもこっちにいるの」

「ええ、まあ。小さい頃は結構いたみたいなんですけど、今は……」

運転手さんは話し好きの人のようで、それから猫家の近くに到着するまでの間、ずっと喋りっ放しだった。

自分はもう還暦を過ぎていて、島にまだタクシーが二台しかなかった頃から、ずっとハンドルを握っているのだと言った。

一周たったの六十キロメートル。隅々まで巡っても半日もかからないような小さな島だが、もし観光するなら案内するからと、しっかり名刺を渡されて営業を掛けられた。

もしかしたら、遠い昔、家族で島に来た時も、このおじさんの運転するタクシーで猫家に向かったのかもしれないな、と考えると、急にその時の光景が思い出された。

お母さんがタクシーの助手席に座り、地図を頼りに運転手さんに行き先を説明していた。

サトウキビ畑の向こう側に見える、煙突から白い煙を棚引かせている建物は何だろうと私が問うと、運転手さんは、あれは砂糖の精製工場だと教えてくれた。

まだ小さかった浩市は、お父さんの膝の上に座り、走って行く車から見える風景の切れ間に、輝ける青い海が顔を覗かせる度に、はしゃいで驚きの声を上げた。

道は未舗装で、車のサスペンションも弱いのか、ひどく揺れた。

珍しくラフなアロハ風のシャツを着たお父さんが、揺れで黒縁の眼鏡がずれる度に、困ったような顔をしてそれを元の位置に直した。

黴臭いタクシーの後部座席の真ん中で、瞼を閉じ、あの時と同様の車の揺れに身を任せながら、私はわけもなく涙が出てきそうになった。

あれが、私たち一家の、最後の家族旅行になった。

そんなことを予感することが出来るわけもなく、私と浩市は、あの夏の日、これから起こるであろう楽しいことや、驚きや発見、そして冒険の数々に思いを馳《は》せ、期待に胸を膨らませていたのだ。

崩れた石垣の間に、確かに見覚えのある、下へと降りて行く石の階段があった。

羊歯などが、かなり大きく育って繁っており、まだ日も高いというのに、猫家の建物へと続く石段の奥は薄暗かった。

苔で足を滑らせないように注意しながら、私は石段を降り始めた。

ふと顔を上げると、頭上の羊歯の木の葉の間に、黄色と黒の毒々しい縞模様をした女郎蜘蛛が、巣を張っているのが見えた。

南国の澄み切った青い空をバックに、蜘蛛の巣が影絵のように浮かんでいる。

女郎蜘蛛は、じっと獲物が糸にかかるのを待っている。

よく見ると、蜘蛛の巣はそこらじゅうにあった。

子供の頃は平気だったが、さすがに今となっては気持ち悪く感じ、私は手近に落ちている木切れを拾い、顔より下の位置にあるそれを払いながら石段を降りて行った。

濃い茶色の錆止め塗料が塗られた納屋のトタン屋根と、漆喰で塗り固めた赤瓦葺きの古い母屋、そして、後から晴彦伯父さんが建てた、平屋の文化住宅の屋根が見えた。

聞いていたとおり、庭は荒れ放題で、隙間なく雑草が生えており、知らずに訪れたなら、廃墟《はいきよ》と見紛《みまが》うほどの有り様だった。

私はポケットからハンカチを取り出して、首回りの汗を拭った。

それほど暑いわけでもないが、腋の下や胸の谷間には、じっとりと汗が浮き出てきている。体中がべたべたして不快だったが、民宿にチェックインしてシャワーを浴びるまで、もう少し我慢しなければなるまい。

管理をお願いしている隣家のお婆さんのところにはすでに挨拶に行き、鍵はもらってきていた。ひと先《ま》ずは背負っている荷物を下ろしたくて、三棟のうちでは、もっともましに見える文化住宅に腰を落ち着けることにした。

鹿児島で観光がてらに温泉で一泊し、今日は朝から飛行機に乗ってこの島に来た。まだ、日が暮れるまでには十分な時間があった。ゆっくりと母屋と文化住宅の空気を入れ換え、時間に余裕があるようなら、簡単に掃除もしていくつもりだった。

明日は、私と浩市が溺れた磯浜があった辺りを探索し、後は記憶の赴くままに、島の中を巡ってみようと考えていた。

鍵を取り出すと、私は文化住宅の玄関に立ち、サッシ戸の鍵穴に差し込んだ。

ガラガラとサッシを横に開くと、何の特徴もないコンクリートの土間と、玄関の上がり框《かまち》が見えた。中に入ると、微かな埃《ほこり》の臭いがする。

外に面した縁側のアルミの雨戸は、全て閉め切られており、部屋の中は薄暗かった。どこから入り込んでくるのか、部屋の天井の角や壁の隅に、女郎蜘蛛が何匹も巣を張っている。

私は荷物を置くと、隣家で借りた懐中電灯の明かりを頼りに、雨戸やサッシを開放して回った。部屋は四つしかなかったので、作業は数分で終わった。

外の明かりが入ると、畳や、その上に敷かれた藺草《いぐさ》の敷物の上に、うっすらと埃が積もっているのが見えた。

もっと酷い、廃屋同然の荒れ方を予想していたから、少し拍子抜けだった。これならせいぜい、長く店子《たなこ》の入っていない空き家といった程度だ。

管理をお願いしている隣家の人たちが、律儀に家を掃除し、普請におかしなところがないか、まめに見てくれている証拠だ。後でもう一度、ちゃんとお礼を言っておかなくては。

荷物を置いた部屋に戻ると、私はバッグの中からペットボトル入りのミネラルウォーターを取り出し、我慢しきれずにそれを一気に半分ほど飲み干した。

それから、少し迷った後、着替えることにした。

外に面したサッシは全て開け放たれているが、庭には背丈ほどの高さの雑草が生えていて視界は遮られている。

人の気配はないし、猫家自体が、道から下ってきた低い場所に建っているから、真っ昼間の明るい日射しの中ではあったが、覗かれる心配もなさそうだった。

服を脱ぎ、下着だけの姿になると、バッグの中から洗い晒《ざら》しのジーンズとTシャツを取り出して着替えた。脱いだ服は埃がつかないように気をつけて畳み、バッグの中に仕舞い込んだ。

汚れても差し障りのない格好になると、私は急にその場に寝転びたくなった。

慣れない飛行機の旅で緊張して疲れていたし、目的の場所にやっと辿《たど》り着いたことで、少しばかり安堵《あんど》していた。

荷物の入ったバッグを枕の代わりにして、家具も何もない六畳の部屋に、手脚を大きく広げて仰向けに寝転んだ。

家の中を通り抜けて行く風が心地好かった。

私はそのまま瞼を閉じた。私たち家族が島に訪れた時、猫家には晴彦伯父さんの他に、その奥さんと娘が三人、それから齢九十を超える母の祖母、つまり私の曽祖母が住んでいた。

母屋には、昔ながらの土間に、竈《かまど》と台所があり、皆が一緒に食事をするための広い部屋と、薪《まき》を燃やして焚《た》く風呂があった。母屋の方で暮らしているのは、晴彦伯父さんの夫婦と、曽祖母だけだった。

晴彦伯父さんの三人の娘、つまり母の従妹に当たる人たちは、文化住宅の方に、それぞれ一部屋ずつ自分の部屋を与えられており、余っていた一部屋を、泊まりに来た私たち一家が使わせてもらった。

三人姉妹の一番上のお姉さんは島の町立高校に通っており、下の二人はまだ中学生だった。三人とも、島の高校を出た後は神戸あたりの看護学校に進学し、その後は病院で働いたり結婚したりしたと聞いていたが、母が死んでからは付き合いがなくなってしまい、今はどこでどうしているかも私は知らない。

私たち家族が、島にやってきたあの夏の日も、三人のお姉さんたちは、宿題や部活に忙しくて、まだ小さすぎた私や浩市に、あまりかまってくれなかった。

猫家の人たちは、本当にバラバラになってしまったのだな、と私は思った。

この家も、今のうちはまだいいが、無人が続けばいつかは朽ち果てて、消えて行くだろう。

私は子供をつくらなかったし、母の従妹に当たるあの三姉妹も、結婚したり子供を産んだりはしたかもしれないが、世代が移るごとに、島の記憶は徐々に失われていくに違いない。

かつてこの国の片隅の小さな島にあった、猫家と呼ばれるほどに貧乏だった一族。いつか誰からも忘れ去られて行く記憶。

もう夏は過ぎているというのに、遠くから熊蟬《くまぜみ》の鳴く声が聞こえてきた。

目を閉じて横になっていると、時の流れが緩やかになったように感じられた。

とても心穏やかな気分だった。

あんまりゆっくりしていると眠ってしまいそうだったので、私は起き上がった。

草を掻き分け、母屋の向こう側にある納屋へと向かう。母屋や文化住宅に比べると、納屋は板壁も殆ど外され、トタン屋根の一部も剝がれており、柱と梁《はり》の骨組みだけが残っているような状態だった。

納屋の傍らには、屋根に覆い被さるように巨大なガジュマルの木が生えている。

このガジュマルの木には覚えがあった。その頃読んでいた、大好きだった漫画に、ガジュマルの木の精であるキジムナーという妖怪のことが描いてあった。

木の根元のところに砂山をつくり、頂上を平らにして鏡を置き、小さな階段をつくっておくと、翌朝にはキジムナーの小さな足跡がついているという。

島に着いた日の夕方、私は夕ご飯が出来るまでの間、浩市に手伝わせてこのガジュマルの木の下に砂山の祭壇をつくり、頂上に、お母さんから借りた小さなプラスチック製の手鏡を置いた。

キジムナーの足跡がついていることを期待して、翌朝は誰よりも早く起きて砂山を見たが、やはりというか何というか、そこには足跡などついていなかった。

私は悔しくて、指の先で砂山に小さな足跡を描き、キジムナーが来た、足跡を残していったと大騒ぎして、大人たちを苦笑させた。

私のついた可愛らしい嘘を、本気で信じてくれたのは、小さかった浩市ただ一人だけだった。

鬱蒼と葉を繁らせているガジュマルの木を見上げながら、私はそんなことを思い出した。

やはり島に来て良かった。

そう思った。

今の今まで、完全に忘れていたことが、次々に記憶の彼方《かなた》から思い出されてくる。

私は納屋の中を覗き込んだ。壁を覆っていた筈のベニヤ板は、朽ち果てたか、それとも台風にでもやられたか、殆どが剝がれていたが、屋根を支える柱や梁は、腐ることもなく、割合にしっかりと建っている。床は、基礎のコンクリート部分を除くと、土を突き固めただけの土間になっていた。

そのため、納屋の中にも外と同様に背の高い雑草が生い茂っており、トタン屋根の裂け目からは、斜めに射し込んでくる陽光とともに、ガジュマルの木の蔓《つる》が入り込み、納屋の中に垂れ下がっていた。

話に聞いていたとおり、納屋の真ん中には、雑草の間に半分埋もれるように、晴彦伯父さんが農作業に使っていた小型のトラクターや、エンジン式の発電機などが、赤錆を吹いて静かに眠っていた。それはまるで、何かの遺跡のような光景だった。

納屋の奥には棚が残っていた。鋤《すき》や鍬《くわ》、スコップや鎌などの農具が、やはり錆だらけになって雑然と棚の上や土間に散らばっている。農具に混ざって、何本ものカーボン製の磯竿や、長柄の玉網が、棚に立て掛けられたり、放り出されたりしていた。鶏卵のような形をした、蛍光塗料の塗られた夜釣り用の電気浮きも、何個か落ちている。

十数本も立て掛けてある古びた釣り竿の中に、先端が三つ叉《また》になっている銛を見つけた。鉄の部分は、瘡蓋《かさぶた》のように赤錆が浮き上がっており、力を込めて何かに突き立てれば、簡単に折れてしまいそうな程、腐蝕《ふしょく》していた。柄の部分をコーティングしている薄い青ビニールは、すっかり劣化しており、摑んだだけで、ポロポロと剝がれ落ちた。

これはきっと、潮だまりで魚毒漁をした時に、晴彦伯父さんが貸してくれた銛だ。一本しかなかったから、浩市と取り合いになった。

残酷な話だが、魚毒で弱って浮いてきた魚は、網で掬《すく》うよりも銛で突き刺して殺す方が、ずっと面白かった。

銛を元の場所に立て掛けると、私は辺りの土間の床や柱を見回した。

棚の桟木《さんぎ》に打ち付けられた釘に、子供用の水中メガネがぶら下がっている。

めぼしいものは、もう何もなさそうだったので、私は納屋を出た。

アオスジアゲハというのだろうか。翅に鮮やかなブルーの模様が入った蝶が二頭、ひらひらと戯れるように飛びながら、目の前を横切って行った。

蝶は、うっすらと苔の生えたガジュマルの気根に寄り添うように止まると、ゆっくりと翅を広げたり閉じたりし始めた。

その美しい蝶の姿を、もっとよく見てみようと、私がガジュマルの木の根元に近寄って行った時、足元で何かがぐしゃりと崩れる感触がした。

私は足元を見た。

踏み崩してしまったのは、祭壇のように盛られた砂の山だった。

頂には、丸い手鏡が載せられている。

「そこにいるのは淳美のマブイか」

不意に背後で声がした。

え、と私が声を発する間もなく、ガジュマルの気根で翅を休めていた蝶が飛び立った。

ひらひらと舞う、その二頭の蝶を目で追うようにして、私は振り向いた。

「ずいぶんと大きくなったなあ。長い旅だったようだ」

腰の曲がった小さな老婆が、納屋の前で手を後ろに組み、私の方を見ていた。

アオスジアゲハが、老婆の頭上を越え、母屋の赤瓦葺きの屋根の向こう側へと飛んで行く。

「あ、ちょうちょ！」

どこかで、小さな男の子の上げる大きな声がした。

続いて、捕虫網を手にした、赤い野球帽を被った男の子が母屋の角を曲がって走ってきた。

浩市。ああ、浩市だ――。

捕虫網を手にした浩市は、まだ母屋の屋根の上で舞っている蝶を捕まえようと、懸命に網を振り、飛び跳ねていたが、背が低くて、どうしても届かなかった。

よくよく見ると、母屋の前の庭を埋め尽くしていた背の高い雑草の叢《くさむら》もなくなっていた。

乾いた白砂で表面が覆われた広い庭の真ん中には井戸があり、放し飼いの山羊が一匹と、数羽の鶏が見えた。

「そこにいるのは淳美だろう」

老婆がまた口を開いた。

唐突に、私はその人が誰なのかを思い出した。

曽祖母だ。

小さい頃に会ったきりなので顔もよく覚えていなかったが、おそらく間違いない。

私と浩市が島に行った時には、もう齢九十を超えていて、白内障か何かを患っており、目は殆ど見えなかった筈だった。

「おばあ、何かいるの」

蝶を捕獲するのを諦めた浩市が、曽祖母に向かって言った。

「マブイが迷い込んできているのさ」

「マブイって何」

「魂のことだよ」

浩市は納得して頷くと、小さな手で、目のよく見えない曽祖母の手を握ってやり、案内するように引っ張って行く。

曽祖母は素直にそれに従い、私に背を向けて、浩市に連れられるままに母屋の方へと歩いて行った。

呆然と立ち尽くしたまま、私は辺りを見回した。

赤錆を吹いていたトラクターや発電機は、すっかり現役の時の姿を取り戻して、納屋の中に鎮座している。

先程から切れ目なく鳴き続けている熊蟬たちの声が、波がうねるように急に大きくなった。

庭の方へと私は歩いて行った。

ほんの数分前までとは、がらりと様相が変わっていた。

母屋の玄関の前に、数本の釣り竿と玉網を手にした晴彦伯父さんが立っていた。

髪の毛も眉も白かったが、顔は真っ黒に日焼けしている。

「こら、淳美。どこに行ってたんだ」

そう言って晴彦伯父さんが笑うと、目と口がどこにあるのかわからなくなるほどに、顔中が皺だらけになった。

私は慌てて自分の胸元を見下ろした。

洗濯板のように薄い子供の胸板に、スカートのような飾りがついた黄色いワンピースの水着が見えた。素足には子供用のビーチサンダルが突っかけられている。

私は晴彦伯父さんを見上げた。見上げねばならないほどに、自分の視点が低くなっていることに、今さらながら気が付いた。

「浩市は」

声のした方を私は見た。麦わら帽子を被り、涼しげな淡い色合いのワンピースを着たお母さんが立っていた。

「さっき、婆さんの手を引いて母屋の方に入って行ったよ」

晴彦伯父さんが答える。

「呼んでこようか」

そう言ったのは、お母さんの傍らに立っているお父さんだった。誰の返事も待たず、お父さんはビーチサンダルをパタパタと鳴らしながら母屋の方へと走って行く。

「海までは歩いて行くの」

レジャーシートや飲み物の瓶が顔を覗かせている、重そうなバッグを地面に置き、お母さんが言った。

「歩いたって十分くらいさ」

「子供が泳げるような場所ってあるかしら」

「広い潮だまりがあるから、泳ぐならそこで泳げばいい。でも、もっと面白い遊びがあるぞ」

「え、何、何」

私は思わず晴彦伯父さんに向かって言った。

「海に着いてからのお楽しみさ」

晴彦伯父さんの抱えている釣り竿の中に、くすんだ赤い色の布を括り付けた竹竿があった。

それから、晴彦伯父さんと、私たち家族は、歩いて海へと向かった。

磯浜へと向かう道の途中には、ハイビスカスの赤い花が、あちこちに咲いていた。サトウキビやユリの根、南京豆の畑の間の道を抜けて行くと、やがて海へと続く、砂利に覆われた幅の広い緩やかな下り坂に出た。

大人たちの後ろに付いて歩いていた私と浩市は、道の先に、青い海の姿と、水平線から立ち上る入道雲を見つけると、大人たちを追い越して、夢中になってそちらへと走り出した。

後ろから、お母さんが、危ないから走っちゃダメと叫ぶ声が聞こえたが、お構いなしだった。

浜木綿《はまゆう》の繁る砂地の広場を抜け、海に出ると、そこはサンゴ礁に覆われた遠浅の磯浜だった。かなり沖の方まで一面に磯浜が広がっており、数か所、大きな岩がある他は、殆ど平坦になっている。

満ち潮の時には、この磯浜は全て海の底に沈んでしまうが、干潮のピーク時には海岸線が後退し、陸寄りの辺りには波すらも届いて来なくなる。

磯浜には点々と大小の潮だまりがあった。光の屈折の加減なのか、ある程度の深さの潮だまりは、遠くから見ると水面がモスグリーンに染まって輝いて見えた。

私と浩市は、最も手近にある潮だまりの一つを覗き込んだ。

深さは五十センチほど、大きさは、ちょうど家にある風呂桶と同じくらいだろうか。底は砂地になっており、見慣れない鮮やかな色をした南国の魚が、ドレスのような美しいヒレを優雅に動かしながら、砂底にじっとしている。

慌てて浩市が手にしていた玉網をその潮だまりの中に突っ込むと、魚は驚くほどの速さで岩の陰に隠れてしまった。

ちょっと先に、もう少し大きな潮だまりが口を開いていた。黒いウニが、岩の間で長い棘《とげ》を動かしているのが見えた。底にはヒトデの姿も見える。

私が近づくと、気配を察した数匹の魚が、さっと岩陰に隠れるのが見えた。

浩市の手から玉網を奪い、私が躍起になって岩の隙間に網を突っ込み、隠れた魚を捕まえようとしているところに、やっと大人たちが到着した。

遅いと言って私が怒ると、大人たちは皆、一様に笑顔を零《こぼ》した。

「ちょっと待ってな」

そう言うと、晴彦伯父さんは私と浩市に付いてくるように促し、その周辺では最も大きい潮だまりの縁に立った。

かなりの広さがあり、縦横に三メートルほど、深さは五十センチから深いところで一メートルはありそうだった。

他の潮だまりよりも、明らかに引き潮で取り残された魚の影が濃く、中にはかなり大きな魚も泳いでいる。

「よし。ここがいい」

晴彦伯父さんは、持参してきたバケツで潮だまりの中の海水を掬い上げた。続いてポケットから茶色いプラスチック製の小瓶を取り出すと、蓋を開け、その中から白い結晶をほんの少しだけバケツの中の海水に入れて掻き混ぜた。

私と浩市がきょとんとして見ていると、晴彦伯父さんは、バケツの水を、位置を変えながら数回に分けて、潮だまりの中へと流し込んだ。

お父さんと晴彦伯父さんは釣りに夢中だった。

よく釣れる場所を求めて、いつの間にか磯浜のずいぶん先の方へと移動している。

私と浩市が、潮だまりで弱って浮いてきた魚を玉網で掬ったり銛で突いたりする様を、さっきまで、ずっと傍らで眺めていたお母さんも、どこかへ行ってしまった。

そわそわしていたから、おしっこでもしに行ったのかもしれない。

なかなか戻って来ないのは、人目につかない場所が見つからないからだろうか。

浩市と二人きりになっていることに気付いた私は、不安になり、遠くで長い磯竿を振るっている晴彦伯父さんとお父さんの方に向かって大声を上げたが、聞こえないみたいだった。

磯浜には、少しずつ、少しずつではあるが、波が入り込んで来ていた。今はもう、私や浩市のいる辺りも、うっすらと海水に表面を覆われ、大きな波が来ると、白い泡を立てながら、それがすぐ近くまで迫ってくる。

浩市は、まだ磯遊びに夢中だった。私が、玉網も銛も独占して、飽きるまで貸してやらなかったから、今頃になってやっとそれを手に遊び始めたのだ。

潮が満ちてくるスピードは、驚くほど早かった。毒を流した潮だまりに、晴彦伯父さんが目印に突き立てた竹竿がいつの間にか倒れていた。波が侵入してくる度に、ふわりと浮き上がり、少しずつ沖の方へと動いて行く。

岩場にしゃがみ込み、私はバケツの中の、すっかり弱り切った魚たちを眺めていた。

赤い布の付いた竹竿を追い掛けて、浩市は遠浅の磯浜を、沖へ沖へと歩き始めた。

そのまま歩いて行くと、急に磯浜が途切れて深くなっている。

だから、不用意に沖へ行ってはいけないと、晴彦伯父さんに言われていた。

私は立ち上がった。

浩市の方へ行こうかどうか迷ったが、バケツの中に入った、捕まえた魚たちのことが気になった。

そんなものを盗む人などいる筈もないのに、私はそのバケツから離れることを躊躇《ちゅうちょ》したのだ。

かわりに、誰か大人の人を呼ぼうとした。

お母さんはまだ戻ってこない。

晴彦伯父さんとお父さんは、遠くの入り江の方で、釣りに夢中でこちらに気が付いていない。

波がまた、磯浜に入り込んで来た。

竹竿に手を伸ばしていた浩市が、波の勢いに足を縺《もつ》れさせて磯の裂け目に落ち、体の半分ほどが水の中に沈み込んだところで大きな波が来た。

浩市の体が波に翻弄され、浮いたところを今度は一気に引き波にさらわれ、沖へと流されそうになった。

波間に、浩市の履いていた小さなビーチサンダルが浮かんでいる。

手にしていた玉網とバケツを放り出すと、私はそちらに向かって駆け出した。

白く泡立つ波と波の間に、流されまいとして磯にしがみつき、泣き叫んでいる浩市の、小さな顔と手が見えた。

必死になって私は手を伸ばした。

やっとの思いで浩市の小さな手を握ると、沖の方から第二波が押し寄せてきた。

私は足を滑らせ、浩市と強く手を握り合ったまま、一緒に沖に流された。

足が届かない深い場所に自分がいることに気づき、私は恐慌を来した。

私も浩市も泳げなかった。

塩からい水を飲み、波に揉まれながら、私は必死に浩市の手を握り続け、叫び続けた。

「淳美！　浩市！」

不意にお母さんの声がした。

私が浩市の手を離すのと、お母さんが私の二の腕を強く摑んだのが、ほぼ同時だった。

半狂乱になって叫ぶお母さんの声に、やっと遠くにいた晴彦伯父さんとお父さんも事態に気が付いた。

お母さんの胸に抱かれ、安心すると、私は胃の中の海水を一気に吐き出した。

浩市の名を叫びながら、お父さんが海に飛び込む。

晴彦伯父さんが、助けを呼ぶために近くの民家に向かって走り出した。

お母さんは私を抱いたまま、その場にへたり込み、力なく何度も浩市の名を呼んだ。

私は磯浜の上に仰向けに寝かされた。

目の端に、海の向こうに流れて行く赤い布が見えた。

全身ずぶ濡れになったお父さんが戻ってきて、私に何か声を掛けると、頭を抱えて傍らにしゃがみ込んだ。

お父さんもお母さんも、暫くの間は無言だったが、やがて、どちらからともなくお互いを詰り合い始めた。

二人がこんなふうに怒鳴り合うのは聞いたことがなかったから、私は悲しい気分になった。

そして、浩市はどこにいるのだろうと思った。

朦朧とした意識の中、辺りを見回してみたが、浩市の姿はどこにもなかった。

晴彦伯父さんが、お巡りさんや消防団員、近隣の人たちを連れて戻ってくるまでの気の遠くなるような長い時間、私は薄く呼吸をしながら、仲の良かったお父さんとお母さんが、お互いを罵《のの》り合う声をぼんやりと聞いていた。

空はとても澄んでいて、よく晴れていた。


目覚めると、そこは猫家にある文化住宅の中だった。

ちょっと横になるだけのつもりが、完全に熟睡してしまったらしい。

日がうっすらと暮れかかっていた。猫家に到着したのは、午前中も遅くだったから、私はかなり長い時間、ここで眠っていたことになる。

寝過ぎたのか、少しばかり頭痛がした。

自分でも驚くほどに、私は醒めた気分になっていた。

文化住宅のサッシや雨戸を、全部元のとおりに閉め切ると、外に出た。

携帯電話を取り出し、名刺を頼りに、今朝、ここまで送ってくれたタクシーの運転手さんに、迎えに来てくれるようお願いした。

私の中に、一つの確信が芽生えていた。

島には二泊する予定だったが、私はそれを一泊にして民宿をキャンセルし、翌朝は早くに宿を出て、私と浩市が溺れた遠浅の磯浜を訪れた。

話に聞いていたとおり、磯浜は全て護岸されており、芝生に椰子《やし》の木などが植栽された、ただ綺麗なだけの公園になっていた。

柵が設けられていて、遊泳禁止の磯浜には、降り立つことすら出来なかった。

私は、ほんの一、二分だけその場に佇んで風景を目の中に焼き付けると、待たせていたタクシーに乗り込み、島の南端にある空港へ向かった。

11

羽田空港に到着し、駐車場に預けてあったフォルクスワーゲン・ゴルフの運転席に乗り込むと、私はすぐに携帯電話を取り出し、以前に聞いていた仲野泰子さんの連絡先に電話を掛けた。

気分は逸《はや》っていた。すぐさま彼女に会い、一緒に行きたい場所があった。

電話に出た泰子さんは、今から会えないかという私の不躾なお願いを戸惑いながらも承諾し、私は彼女に会うため、待ち合わせの場所に向かって車を飛ばした。

私は、ある疑念に駆られていた。

そのことについて考えると気がおかしくなりそうだったが、私には浩市のように頭を拳銃で撃ち抜いてみるような勇気はなかった。

浩市が『バナナフィッシュ』について語った言葉。

――シーモアは試してみたくなったんだ。これが本当に現実なのかどうか、そのことをだ。

ずっと浩市は彷徨い続けているのだ。

現実とも非現実ともつかない世界を。

だが、それは一体どこなのだろう。

浩市の意識がいる場所はどこなのか。

ここに存在している私は、少なくとも浩市が語ったような、フィロソフィカル・ゾンビという虚無の存在ではない。

そのことを他者に証明することは不可能だが、私には浩市の言う内観的なクオリア、つまり喜びや哀しみ、そして不安や恐怖のような現象学的意識が確かにあるし、それについて私が私を疑う余地はない。

私が抱いている疑念とは、私自身の意識が、一体どこにあり、どこを彷徨っているのかということだった。

考えてみると、『胡蝶の夢』の話は、あまりにも象徴的だった。

まるで誰かが、私に何かを気付かせるために誘導しているかのように思えた。

あの話を私にしてくれたのは誰だったっけ……。そうだ、杉山さんだ。

努めて何も考えないようにし、私は車の運転に集中することにした。

そうしなければ、不意にハンドルを切って対向車線にでも突っ込み、浩市がそうしたように、私も、これが本当に現実なのかどうか試してみたくなってしまいそうだったからだ。

私が泰子さんと一緒に行ってみたいと考えたのは、彼女の息子である由多加くんが、自殺を図って飛び降りたという中学校の屋上だった。

「姉さん」

突然、ゴルフの後部座席から浩市の声が聞こえた。

危うく私は、時速百キロで流れている首都高一号線の真ん中で、急ブレーキを踏みそうになった。

「仲野泰子に会いに行くのか」

ルームミラーに映っている浩市の顔を見る。後部座席の助手席側に座り、浩市は流れて行く窓の外の景色をじっと見つめている。

「ええ、そうよ」

私はハンドルをしっかりと握りしめたまま答えた。

「いいのかい。取り返しのつかないことになるかもしれないよ」

「取り返しのつかないことって」

「つまり、これが荘周の見ている蝶の夢なのか、蝶の見ている荘周の夢なのか、明らかになるってことさ」

「やっぱり私は眠っているの？　これは現実じゃないってこと？」

私がずっと目を逸らし続けてきたのは、そのことだった。

だが、今、目の前に見えている風景も、握っている車のハンドルの手触りも、あまりにも現実的に私には感じられた。

「そんなこと言い出したら、僕たちの知っている現実ってやつも、本物かどうかは怪しいところだぜ。前に、ニック・ボストロムの話はしただろう？　惑星や宇宙全体をシミュレート可能な、真に高度な文明が存在すると仮定するなら、我々の感じている現実は、それらのシミュレーションの中にあるという証拠と可能性が十分にあるという……」

「その話、あなたがしたんじゃないわ」

「そうだったっけ」

「その話を私にしてくれたのは沢野くんよ。浩市、あなたじゃなかった！」

私は殆ど叫び出しそうになっていた。

その人間に内観的なクオリアがあるかどうかは、客観的な観察からは絶対にわからない。たとえ脳の神経細胞レベルまで解剖しても、絶対に。

「ボストロムと同じような考えを持っている人たちは、他にもたくさんいる。その証拠や可能性を示唆するメッセージが、例えば、ネイピア数や円周率のような超越数の中に隠されていると信じ込んでいる人もいるくらいだ。金属探知機で、あるかどうかもわからない砂の中のコインを探すように、そんなものを探し続けている」

浩市は力なく笑った。それは何かを諦めたような笑いだった。

「仲野泰子の息子が飛び降りた中学校の屋上に行くつもりだろう」

「ええ」

「泰子と一緒に？」

「そのつもりよ」

「彼女なら……泰子のふりをしているあの女なら、さっきからずっとセンシング中だ。僕と姉さんの会話を盗み聞きしている」

「泰子さんは、あなたにとってどういう立場の相手なの」

「さあな。本人に聞けよ。じゃあ僕は、捕まるのは嫌だから、そろそろ隠れるよ。泰子によろしく」

浩市は勢いよく後部座席のドアを開け、走り続ける車の外に飛び出した。

その中学校は、同じ形の建物が何棟も連なるマンモス団地の隅に、まるで付属品のようにひっそりと建っていた。

綺麗に区画整理された人工的な町並みの中を、私はゆっくりと車を走らせ、手近なコインパーキングに車を止めると、歩いて学校へと向かった。

もうすぐ黄昏時《たそがれどき》に差し掛かろうかという団地に、人の気配はまるでなかった。

ベランダに干された洗濯物や、道端に止めてある自転車、他にも、つい数分前までは人が行き交っていたような雰囲気がそこかしこに見られたが、団地はまるで時が止まったかのようにしんとしており、子供の笑い声、テレビの音ひとつ聞こえてこなかった。

仲野泰子さんと、是非とも一対一で会いたかった。

そう考える私の意識が、もしかしたら泰子さん以外の一切の存在を排除してしまっているのかもしれない。

中学校の正門に着いても、そこに泰子さんの姿はなかった。重そうな門扉は、ひと一人が通り抜けられる程度の幅に開いており、まるで私を中へと誘っているかのようだった。

私は中学校に足を踏み入れると、校庭を横切り、鍵の掛かっていない校舎の入り口の扉を押し開いた。

靴箱の並ぶ玄関ロビーを通り抜けて、土足のまま校舎に上がり込むと、習字や水彩画の飾られている廊下を抜け、見つけた階段を上へと昇った。屋上へと続く鉄製のドアも鍵は掛かっておらず、私は誰とも会わずに、あっさりと屋上に辿り着いた。

屋上を囲む高い金網のフェンスに指を掛け、私は夕映えの濃くなってきた町の風景を眺めた。

玩具《おもちゃ》のブロックでつくったジオラマのような、同じデザインをした高層団地の建物の並び。等間隔に屹立《きつりつ》している送電線の大きな鉄塔。遠くには、駐車場付き大型スーパーの緑色の看板が見えた。

どこでも見かけるような、特徴のない風景が広がっている。

私は、その現実味の希薄な風景を見つめ続けた。誰もいない校庭には、網が外されて伏せられた、枠だけのサッカーゴールが、長い影を運動場の掠《かす》れた白いトラックに投げ掛けている。

いっぺんに色々なことが思い出されて堪えきれなくなり、私は泣いた。

灰色のトップコートが塗られた屋上の床に、涙の滴が点々と落ちるのが見えた。

「どうしたんですか、泣いたりして」

私は振り向いた。そこには仲野泰子さんが立っていた。

「ここが、由多加くんの飛び降りた場所ですか」

微かに泰子さんは頷いた。

「何から話しましょうか」

私が何に気が付いたのか、泰子さんはもう察している様子だった。

「まず、あなたの正体を明かしてもらえませんか」

私は曖昧な笑みを浮かべている泰子さんに向かって言った。

「もうお察しかもしれませんが」

躊躇いがちに、泰子さんは口を開いた。

「相原といいます。精神科の専門医で、コーマワークセンターで昏睡患者のカウンセリングを担当しています」

「そう……」

それは、私が予想していたとおりの答えだった。

「お会いしたことはありましたっけ」

「SCインターフェースを介さない形で、という意味ですか」

「そうです」

「残念ですが、ありません。私がこの西湘コーマワークセンターに来たのも、つい最近のことです」

「今もSCインターフェースから？」

「ええ。他にどんな方法が？」

まったくそのとおりだ。私が昏睡状態でコーマワークセンターのベッドの上で眠っているのなら、他にどんなコミュニケーションの方法があるというのだ。

「驚くわ。こんなに現実的だとは……。荘周が見た夢っていうのも、やっぱりこんな感じだったのかしら」

私は再び、屋上から見える風景に視線を戻した。

心なしか、先程見た時と、団地の建物の形や鉄塔の位置が違っているような気もしたが、元々が平凡な風景だったので、どこがどう違うのかは具体的にはわからなかった。

私はきっと、こういう風景を何年も見続けてきたのだ。

気が付かなかったのは、現実のものだと、私が頭から信じて疑わなかったからだ。

「夢というものは、それを見ている本人にとっては、非常に現実的なものとして感じられる場合があります。人は夢の中ですら、自分が覚醒していると考えることがあって……」

「それ、デカルトでしょ。知ってる知ってる。もういいわよ。うんざり。お腹いっぱい」

私は投げやりにそう言って泰子さんの言葉を遮った。

「浩市なら、どこかに消えちゃったわ。あなたが来たからだと思うけど」

フェンスから離れ、私は泰子さんの方へと向き直った。

「まだね、いくつかわからないことがあるのよ」

「何です」

「あの子がいったい誰なのか」

「浩市くんのことですね」

「だって、あの子が浩市なわけがないのよ。そのことに私は気が付いたの」

泰子さんは少し間を置いてから小さく頷いた。

「でも、私の意識が作り上げた魂のない人格……フィロソフィカル・ゾンビのような気もしないし、あなたのようにSCインターフェースを介してセンシングしているのでもなさそうだ。だったら、あの子は一体……」

「淳美さん、あなたは何年もの間、完全にセッション不能になっていました。外部からのセンシングを一切拒絶し、意識を閉ざし続けてきました」

「そうなの？」

「『胡蝶の夢』に例えるなら《自ら喩《たの》しみ志に適《かな》へるかな、周なるを知らざるなり》といったところです」

「何よそれ」

「つまり、楽しくやっているうちに忘れちゃったってことですよ。何年も外部とのセンシングを断ち、自分の意識の中に閉じこもっているうちに、自分が意識障害で眠っていることすら忘れてしまった。私たちは、まずそのことを、あなたが自分自身で思い出すように誘導する必要がありました。無理に思い出させても、あなたは酷いショックを受けるでしょうから」

「もう十分に受けていますけどね」

吐き捨てるように私は言った。

「淳美さん、あなたは漫画家として人気絶頂の最中に自殺未遂を起こしました。当時住んでいたワンルームマンションの四階のベランダから飛び降りたんです」

　私の脳裏に頻繁に現れた、ワンルームマンションのベランダのサッシが開け放たれ、カーテンが揺れている風景は、私が飛び降り自殺を図り、意識障害に陥る直前に見た最後の風景なのだろう。

「思い出しましたか」

「思い出したわ。思い出したけど……」

　肝心なことがまだ私の記憶の中で朧《おぼろ》になっている。

「何で飛び降りたのか、それが……」

「それは自分で思い出してください」

　突き放すように泰子さんが言った。

「話を元に戻しましょうか」

「浩市が誰なのかという話？」

「ええ、そうです」

　泰子さんが頷いた。

「あなたを何年もの間、セッション不能にしたのは、おそらく彼です」

「そうなの？」

「彼は……」

大きく息を吸い込み、ゆっくりと泰子さんは口を開いた。

「あなたがセッション不能になるのと前後して、コーマワークセンター内で死亡した他病棟の患者です」

「死んだ……？」

「理論上はあり得ないことなんです。SCインターフェースは安全のため、外部とネットワークしない、独立した機器として稼働しています。ケーブルなり記録メディアなり、外部からの情報が進入してくる経路自体がないんですよ」

それは以前にも榎戸から聞いたことがある。

「でも、それじゃあ、まるで……」

「……にも拘わらず、こういう気味の悪いことが起こる。《憑依《ポゼッション》》の話は、前にもしましたよね」

私は頷いた。ふと気が付くと、中学校の屋上も、そこから見える町の風景も、私の周囲からはすっかり消えてなくなっていた。

私と泰子さんが立っているのは、見慣れた私の自宅の仕事場だった。

泰子さんは仕事場の隅にあるソファに腰掛けると、私にも座るように勧めた。

それに従い、私は泰子さんの正面に腰を下ろした。

「多くのドクターや技師が、ＳＣインターフェースによるセンシングに伴うこの現象に気が付いています。海外では訴訟を起こした患者もいる。だが、理論的にあり得ないことだからと、この現象は無視され続けている」

「じゃあ、あなたの立場は」

「いうなれば探偵ですよ。私がこの現象について研究をしているのは以前にも言いましたよね。淳美さん、あなたは国内では非常に稀なケースなんです。ＳＣインターフェースを使ってセンシングし、あなたの意識の中に存在する、いくつかの人格が、この施設で死んだ他の患者の意識なのか、それともあなたが生み出したフィロソフィカル・ゾンビなのかを私は調査していました。正直、本当に気持ち悪くなりましたけどね。あなたの意識にセンシングした後に、更にまた浩市くんの意識に二重でセンシングするわけですから、そのまま帰って来られなくなるんじゃないか、なんて……」

泰子さんはそう言って微笑んでみせた。

「どういう人なんですか」

「あなたの弟のふりをしている彼ですか」

「ええ」

「本当は守秘義務があるので詳しいことをお教えするわけにはいかないんですが……。仲野由多加くんですよ。まだ、ほんの十三歳の少年です」

「え……」

それは、私にとっては、ちょっと意外な答えだった。

あの浩市の中身が、そんな子供だったとは。

「そうは感じませんでしたか。自分の持っている知識を、ペダンティックにひけらかそうとするあたり、いかにも子供っぽいと思いますけどね」

「じゃあ、仲野泰子さんというのは」

「彼女ですか？」

そう言うと泰子さんは……いや、泰子さんのふりをした相原は、自分の姿を見下ろした。

「これは、彼の母親の姿です」

「そんな……」

「こんなに簡単に引っ掛かるとは、私も思っていませんでしたよ。やっぱり子供ですよね。長い間、セッション不能だったものが、あっさりとセンシングを許した」

「残酷な」

「何を言ってるんですか。数年もの間、意識を乗っ取られていたのは、あなたですよ、淳美さん」

「このことを、彼の母親は……」

「仲野泰子さん本人ですか。知りません。肉体はすでにこの世にないのに、魂だけがうろうろと人様の意識の中を彷徨っているみたいですなんて、言えると思いますか」

相原の言うとおりだった。ポゼッション自体がいったいどういう現象なのかもわからないのに、そんなこと説明のしようがない。

「弟さんの、つまり浩市さんの件に関しては、淳美さん、あなたには大きな悔いがあった。そこにつけ込んだんでしょうね。もうとっくの昔に、島での事故で亡くなっている浩市さんのふりをして、まんまとあなたの意識の中に居座った」

「嫌だ……」

思わず私はそう呟いていた。

「それを認めたら、私はひとりぼっちになってしまう」

私の手の中に、小さな浩市の手の感触が、まざまざと蘇《よみがえ》ってきた。

赤い布を括り付けた竹竿を取ろうと手を伸ばし、引き波に連れ去られそうになった浩市の手を、必死になって握りしめていた時の、小さな手の感触。

あの時、私が何としてでも手を離さなければ、浩市は海で溺れて死なずにすんだのだ。

「思い出しましたか、あの話の続き」

私は頷いた。もうこれ以上、何も思い出さずにすむのなら、そうしたいと願った。

東京に帰ってすぐ、仲の良かった私の両親は、浩市の事故の一件からうまくいかなくなり、離婚した。

私は母と二人で暮らすようになったが、母はとうとう、島に寄りつくことのないまま、この世を去った。

母が島に行こうとしなかった理由は二つある。

一つは、浩市の命を奪ったあの島と海の風景を母が忌み嫌っていたこと。

もう一つは、井荻でラーメン屋を営んでいた爺さんが、浩市の死をきっかけに島に戻り、その菩提《ぼだい》を弔うために出家して島に住み着いてしまったからだ。

島に行く少し前、私と浩市は、よそ行きの少し良い服を着せられて、黄色い西武新宿線に揺られ、爺さんの営んでいたラーメン屋に連れて行かれた。

私の手には首長竜の絵が描かれたスケッチブックがあり、ブレザーを着せられた浩市の頭には赤い広島カープの帽子が載っていた。

首長竜の絵にはマジックで脚が描き足され、浩市は帽子を取り上げられて、それを豚の骨やクズ野菜が入ったゴミ箱に放り込まれた。

帰りの西武線で、残飯の汁で汚れた野球帽を手に、いつまでも悔し涙を流していた浩市の姿を私は思い出した。

「淳美さん、あなたの意識は今、浩市くんのふりをしている彼だけではなく、複数の人格のポゼッションを受けています」

「他にも？」

泰子さんは、いや、相原は頷いた。

「原因はわかりません。憑依されやすい性質の意識というのがあるのかもしれないし、一人の憑依を許すと、意識に綻びのようなものが出来て、次から次へと同じ現象が起こるのかもしれません。少なくとも私は、淳美さん、あなたへのセンシングの最中に、浩市くんのふりをしている彼以外にも三人、あなた自身がつくったフィロソフィカル・ゾンビではない独立した意識に出会いました」

「誰です」

「一人は、あなたの意識の中では主に武本という名前の看護師として登場する女性です」

　私にイラスト入りの色紙を依頼してきた看護師だ。

　彼女と会っていた時の、言いようのない不快感や拒絶感を私は思い出した。

　あれが私のつくり出したものであるわけがない。

「彼女は、本当にごく最近、コーマワークセンターに入院してきた女性です。淳美さんと同様の遷延性意識障害ですが、浩市くんのふりをしている彼のように死亡しているわけではない。SCインターフェースも使わずに、いったいどういう経路であなたの意識とセンシングしているのか、まったく見当がつきません。ただ、彼女は淳美さん、あなたの漫画の熱心なファンだったそうです」

　以前に泰子さんと、あの武本という看護師が見せた、カンファレンスルームでの不自然なやり取りが思い出された。

　私は、泰子さんと武本が、以前にも由多加くんの入院中にコーマワークセンターで会ったことがあるのだろうと思っていたが、どうやら私の意識の中で、思い掛けず、ばったりと会ってしまったものらしい。

「あとの二人というのは」

「砂浜で宝探しをしていた二人ですよ。女の子の方は岬と名乗っていましたが、彼女も、内面にクオリアを持つと思われる、何者かの意識です」

「あの子が？」

「あの岬という子は、おそらくは、浩市くんのふりをしていた彼が、あなたの意識の奥底から探し出して連れて来たんです。少なくともコーマワークセンターの患者ではないし、私の方でも、あれが誰なのかはまったく把握出来ていません。極めて稀なことです」

「じゃあ、一緒にいた金属探知機を持っていた男の子は？」

「木内一雄と名乗っていた少年ですね。彼が何者なのかもわかりません。ただ……」

「ただ？」

「彼の名前が……」

「もうそのくらいにしてやりなよ」

不意に声が聞こえた。

二階の自宅リビングへと続くドアの前に、浩市が立っていた。

パーティーグッズの、銀紙で出来た三角帽子を被り、手にはピザの切れ端と缶ビールが握られている。

「淳美さんのことが心配になって出て来たの」

ソファに腰掛けたままの泰子さんが……いや、相原が言う。

「ああ、そうだ。えげつないことをするなよ。何も浩市があの島で溺れ死んだことまで思い出させることはないだろう」

「必要なことだわ。どんなにつらい現実でも、受け入れなければ」

浩市は肩を竦めてみせた。

「そういう種類の説教はうんざりだね」

「ねえ」

私はかなりの勇気を振り絞って浩市に声を掛けた。

「……私たちは、いつから姉弟だったんだっけ」

「それは、前に僕が姉さんにしたのと同じ質問だね」

ソファの傍らまで歩いてくると、浩市は私の隣に腰掛けた。

つまり、泰子さんの姿をしている相原の正面だ。

手にしたピザの切れ端を口に運び、ゆっくりとそれを食べる浩市の姿を、泰子さんの姿をした相原は、じっと様子を窺うようにして見つめている。やがて浩市はそれを食べ終えると、指についたソースを舐め、缶ビールでピザを喉の奥に流し込んだ。

「未成年者の飲酒は法律で禁止されているわよ」

「へえ、想像の中でも?」

心から馬鹿にしたように浩市はそう言うと、缶ビールをテーブルの上に置き、前屈みの姿勢になった。

「相原先生、あなたに一つ、聞いてみたいことがある」

「何かしら」

「人は、死んだらどうなると思う?」

「どうもならないわ」

少しも表情を変えず、彼女はそう言った。

「唯物論的だな」

「じゃあ、天国か地獄に行くのかしら」

「それは西欧的な死生観だ」

「生まれ変わる?」

「輪廻転生は仏教の考え方だな」

浩市は再び缶ビールを手にして、口に運んだ。

暫く待ってから、泰子さんの姿をした相原が、ゆっくりと口を開いた。

「何が言いたいの」

「アフリカのある部族は、死後の魂は肉体を離れた後、他人の心の中に移ると考えている」

浩市は上着のポケットを探り、中からオルトギース自動拳銃を取り出した。

「肉体の死は、死の第一段階に過ぎない。魂はバラバラに分散して、その者を知っていた他者の心の中に宿る」

拳銃の弾倉を一度、引き抜き、弾が入っていることを確認すると、浩市は更に銃身をスライドさせ、撃鉄を上げた。

「本当の死は、死者を知る者が、この世に誰もいなくなった時に完成する。人の魂や意識なんてものは、肉体と無関係なところで、意外と一つに繋がっていたりするのかもしれないぜ」

自動拳銃の銃口を、浩市は真っ直ぐに泰子さんの姿をした相原に向ける。

「浩市」

思わず私は声を上げたが、銃口を向けられている彼女の方は冷静だった。

「私を撃っても無意味よ。わかってるわよね」

「わかってるさ」

浩市はあっさりと拳銃の引き金を引いた。

乾いたパンという音が辺りに鳴り響き、泰子さんの頭が、血を飛び散らせながら仰向けにのけ反る。

私は手の平で顔を覆い、目の前で起こった惨事から目を背けた。

「さあ、これで少しの間、二人だけで話が出来る。一度、センシングから解除されたら、再びセンシングしてくるのには少し時間がかかるだろうからね」

拳銃を再びポケットにしまい、浩市はソファから立ち上がった。

「上に行かないか。もうみんな、楽しくやってるぜ」

両手で顔を覆ったまま、小刻みに震えている私に向かって浩市が言った。

「あんたの大好きな杉山さんも、それから沢野も真希ちゃんも集まっている。パーティだよ。まだ始まってもいなかっただろう?」

二階のリビングへと続くドアの向こうから、微かに笑い声が聞こえてくる。

「十五年続いた連載の打ち上げだっけ。まったく姉さんは真面目だね。呆れるよ」

「あの連載は……」

「もちろん姉さんが飛び降りた後、打ち切りになったよ。尻切れトンボのままでね」

「浩市」

「何だい」

「私はどうしたらいいんだろう」

「姉さん、いや、淳美さん。これはきっと命を粗末にする人間への神からの罰だ」

また、二階から愉快げな笑い声が聞こえてきた。

真希ちゃん。沢野くん。それから、ああ、杉山さん。

「聞けよ。心なき人たち《フィロソフィカル・ゾンビ》の笑う声だ」

仰ぐように浩市は二階を見上げた。

「すぐに忘れるよ。僕のことも、それから自分が夢を見ていることも。……一日前は、いったい何をしていた。一週間前は。一年前は。では十年前はどうだ。その記憶は本物か。そんなことも、全て忘れる」

「浩市……」

「プレシオサウルスだ」

不意に浩市が呟き、私はその視線の先を見た。

外のドライエリアに面した仕事場の壁のガラスブロックが、まるで海の底にでもいるかのような鮮やかな青色に染まっている。

「いま、一匹見えた」

「まさか」

何か巨大な生物のヒレが、ガラスブロックの向こう側を、水を掻くように大きく上下に揺れながら横切って行くのが見えた。

ガラスブロックの隙間から、強い潮の香りのする水が弧を描いて噴き出し始め、私が狼狽えている間もなくガラスブロックが雪崩《なだれ》をうって崩れ落ちた。

海水が、鉄砲水のように勢いよく仕事場の中に大量に流れ込んでくる。仕事用の机や椅子が押し流され、海水はあっという間に私の腰の辺りまで迫《せ》り上がって来た。

ずぶ濡れになりながらも、私は三人掛けの大きなソファにしがみついた。

真希ちゃんのために揃えた三百二十二色のコピックや、描き上げたばかりの単行本用の原稿が、白く泡立ちながら渦巻く海水に呑み込まれていく。

「浩市、浩市」

震える声で私は何度も浩市の名を呼んだ。

それが、幼い頃に島で溺れ死んだ本物の浩市のことなのか、それとも意識障害の私の心の中に入り込んできた、ずっと浩市のふりをしていた彼のことなのか、名前を呼んでいる私にも判然としなかった。

やがて海水は仕事場の天井にまで達し、私は肺の中の空気を残らず泡にして吐き出してしまった。

私は力を失い、摑んでいたソファの肘掛けから手を離した。

体がふわりと水の中に浮かぶ。

息苦しさはもう感じなかった。

そのかわりに、眠りの中に誘われるような心地好さだけが体を包み込む。

海の中を藻屑《もくず》のように漂う私の傍らを、何か大きなものが通り過ぎて行くのが、掻き回された水の感触で伝わってくる。

私は薄く瞼を開いた。

黒い光沢のある四枚の大きなヒレが、ゆっくりと交互に上下しながら離れて行くのが見えた。

潜水艦のような巨大な黒い胴体の向こう側に、蛇を思わせる長い鎌首が見える。

ああ、あれはプレシオサウルスだ。

首長竜だ。

四枚の脚ヒレを持った完全なる首長竜が、海上から斜めに射し込んでカーテンのように揺れている陽光を浴びながら、青く輝く透明な海の中を泳いで行く。

その首長竜の背に、小さな男の子が乗っているのが見えた。

頭に、真っ赤な野球帽を被り、こちらに後ろ姿を見せている。

私の元から離れて行く男の子と首長竜の姿を見送りながら、どういうわけか、私は何かから解放されたような安らかな気持ちになっていた。

浩市は……私が助けてやることの出来なかった弟は、彼のいるべき場所に旅立った。

大好きだった首長竜の背に乗って、どこか遠くへ。

12

それから私は気を失い、次に目を覚ました時にはベッドの上で寝ていた。

十年もの眠りから目覚めたかのような億劫さとだるさを感じながら、鉛のように重くなった瞼を薄く開いた。

そこは、自宅の寝室のベッドの上でも、ＳＣインターフェースのセンシングルームでもなさそうだった。

瞼の間から入り込んでくる光が、異常に眩しく感じられた。瞳が焼かれてしまいそうだ。

これもまた、夢の中なのだろう。

私は醒めた気分でそう考え、眠気に任せて再び瞼を閉じた。何も急いで起きる必要はない。時間なんて、あって無きが如しだ。急ぐ用事なんて、私には何もない。

私は再び眠りに落ちた。今度は安らかな眠りだった。

本当に久しぶりに、夢すら見ずにぐっすりと眠り込んだ。

次に起きた時も、私はやはり同じベッドの上で寝ていた。強い空腹を覚え、それで目が覚めてしまった。

最初に目覚めた時よりも、ずっと体は軽く感じられ、気分も良かった。

暫くの間、私はベッドの中で微睡んだ後、意を決して起き上がることにした。

首元まで掛けてある毛布をずらし、上半身を起こそうとした。だが、どういうわけか頭が何かで固定されているかのように重く、体を起こすことが出来なかった。

面倒に感じながら、私は頭の周辺を手で探ってみた。仰向けの体勢のまま、うまく体を動かすことも出来ず、鏡のようなものもないので、どうなっているのかもよくわからない。

どうやら頭には、ヘッドギアかヘルメットのような形をした、厚手のカバーのようなものが被せられており、そのために固定されているようだった。

私の右の人差し指には、何かクリップのようなものが挟まれており、そこからはコードが伸びている。モスグリーン色をした、薄手の衣服の袖口も見えた。

頭を動かすことが出来ないので、自分が今、どういう状況でベッドの上に横になり、どのような場所にいるのか、まったく把握出来なかった。

差し込んでくる明かりは自然光のようだから、部屋のどこかに窓があり、今は午前中か日中なのだろう。

白い天井を見上げながら、わかったことはそのくらいだった。

私は足を少し動かしてみた。何かで拘束されているわけではないのだが、筋力が衰えているようで、動かすのがひどく大変だった。

袖口しか見ることが出来ないが、どうやら私は、ゆったりとしたワンピースか、または襦袢《じゅばん》のように衿《えり》を前で合わせただけの、簡単な衣服を着せられているようだった。患者着とか入院着というのだろうか。そんな感じの服だ。

下半身を覆う、ごわごわとした感触は、おそらく大人用の紙おむつだろう。股間には異物感があった。チューブのようなものの感触もある。もしかしたら尿道にカテーテルでも挿入されているのかもしれない。

私は困ってしまった。

こういう状況は初めてだった。

いや、初めてだと思い込んでいるだけなのかもしれないが、自分が夢の中にいると自覚した現在の私も、この状況にはどう対処したら良いのかわからず、困惑した。

起き上がることが出来ない以上、誰かが来るのを待つより仕方なさそうだった。

ぼんやりと白い天井を眺めながら、私は酷い喪失感を感じていた。

私の意識の中に浩市として存在していた彼が、私の元から立ち去ってしまったのが感じられた。

だが、彼はいったいどこに去ったというのだろうか。

すでに肉体的な死を迎え、魂だけの存在となっていた彼に、帰るべき肉体はない。

——人は、死んだらどうなると思う？

相原への彼の質問は、自らの不安を問うものだったのに違いない。

彼は今、いったい何処《どこ》にいるのだろうか。

それとも、もう何処にもいないのだろうか。

私は、沢野くんや真希ちゃんのことを思い出した。

それから杉山さんのことも。

以前、何かでこんな話を読んだことがある。

インターネットが今のように普及する、ずっと以前の話だ。

その当時は、テキストのみのパソコン通信が主流で、大手のサーバーの他に、草の根ネットと呼ばれる、個人が立ち上げたサーバーでのパソコン通信も盛んだった。

アメリカのある都市で、一人のコンピューター好きの少年が、この草の根ネットの一つにアクセスした。

そこには色々な人がいた。少年と同世代の男の子や、父親のような年齢の男性、ずっと年下の子供。驚くことには、女の子もいた。

この時代、パソコン通信なんかする女の子は本当に珍しかったのだ。

少年は、彼の好きなゲームやスポーツの話題で盛り上がり、たくさんの人と、この草の根ネットを通じて知り合い、友人となった。

初めてアクセスしてから数年が経った頃、少年は、この草の根ネットで知り合った少女に恋をした。

彼女は少年のことをよく理解しており、多くの点で趣味や価値観が合い、そして控え目で優しかった。

文字でしかやり取りをしたことがないその少女と、どうしても会ってみたくなった。

彼女は、自分はとても遠いところに住んでいると言ったが、少年は、彼女と会うためなら、たとえそれが地球の裏側であったとしても出掛けて行くつもりだった。

少年は、いつも悩み事を相談している、その草の根ネットで知り合った父親のような年齢の男性に、ネットを通じて、彼女と会うにはどうしたら良いかアドバイスを求めた。

いつもは常に前向きな意見をくれるその男性は、どういうわけか今回に限っては、彼女とは会うべきではないと意見してきた。

きっとがっかりするぞ。

君は彼女を理想的に見過ぎている。会ったら幻滅するに違いない。

そんな後ろ向きなアドバイスを返してきた。

草の根ネットを通じ、少年は他の友人たちにも意見を求めてみたが、返ってきた答えは、どれもこれも似たようなものばかりだった。

でも少年は、彼女に心底惚《ほ》れていた。容姿など関係ない。自分は彼女の心の清らかさに惹《ひ》かれているのだ。

実際、少年は、彼女に会ったらプロポーズするつもりだった。

少年は、彼女にメッセージを送った。それまで積み重ねてきた会話から、彼女が住んでいる町は、大まかに見当がついていた。

僕はその町のコーヒーショップで君を待っている。

君が現れるまで、ずっと待ち続けるつもりだ。

だから、きっと会いに来てくれ。

そして少年は夏休み、飛行機に乗ってその町に行き、彼女が姿を現すのを待つために、二十四時間営業のコーヒーショップに入った。

ぼんやりとした頭でそこまで思い出した時、部屋の中に何者かが入ってくる気配があった。私は思考を中断し、そちらを見ようとしたが、頭が固定されているせいで、うまく見ることが出来ない。

「あの、すみません……あの」

か細い、小さな声で、私はようやく、それだけ口にした。

「和……淳美さん？」

怪訝そうな声を出し、上から覗き込んでくるその顔は、見知らぬ人だった。三十路手前くらいの年齢の女性で、白衣を着ている。看護師らしい。

「和さん、聞こえているんですか？」

「はい……」

何となく叱られている子供のような気分になって、小さな声で私は答えた。

「それで、どうなったんですか。そのコンピューター好きの少年は」

午後のうららかな陽の差し込むカンファレンスルームで、私と相原は広いテーブルを挟んで座っていた。

「コーヒーショップに現れたのは、少年と同じ年頃の男の子でした」

俯いたまま、私はテーブルの上に組まれた自分の手の指先を見つめた。

頭に被っているニット帽が蒸れて、頭皮がむずむずしていて痒かった。

長いこと、《硬膜侵襲型》のSCインターフェースを装着していたので、私の頭髪は剃られており、今はニット帽でそれを隠している。

「それは、草の根ネットのサーバーを運営している男の子でした」

「どういうことだったんです？」

「つまり、こういうことです。その男の子は、自分で草の根ネットを始めたのはいいが、ずっとビジターが訪れなかった。そこに少年がアクセスしてきたから、飽きてしまわないように、いくつかの人格を使い分けて、一人で相手をしていたわけです。少年が恋心を抱いた女の子も、父親のように慕っていた男性も、本当の親友のように感じていた多くの人たちも、全て草の根ネットを運営していた男の子が、少年を退屈させないために作り上げ、演じていた架空の人格だった。その草の根ネットには、驚くことに、誰もいなかったんです。サーバーを運営していた男の子を除いては」

「それも一種のフィロソフィカル・ゾンビと言ってもいいかもしれませんね」

相原の言葉に、私は首を縦にも横にも振らなかった。

「それでも少年は、男の子の言うことを信じなかった。きっと、少年が恋心を抱いていた女の子が、会うのが嫌で、男の子に頼んでそんな嘘をついたのだと思った。そのくらい、少年にとって、草の根ネットの中の世界は現実的で、男の子の言っていることの方が非現実的に思えたんです。少年は女の子と会うのを諦め、戸惑っている男の子に、彼女によろしく伝えるように頼むと、飛行機に乗って傷心のまま家に戻った。いつものように少年は、自宅のパソコンから草の根ネットにアクセスした。音響カプラが独特のノイズで唸り、パソコンは、あっさりと草の根ネットに繋がった。ほら、やっぱりあれは嘘だった。ちゃんと繋がるじゃないか。少年はそう思いました。だけど……」

言いながら、私の目から大粒の涙が零れ落ち、テーブルの上にいくつもの斑点を描くのが見えた。

「だけど?」

相原が先を促す。

「だけど、草の根ネットには誰もいなかった。つい数日前まで、たくさんの友人たちで賑わっていたサーバー上のＢＢＳには誰もおらず、ただ、少年に宛てた《I'm Sorry》というメッセージだけが……」

そこまで話して、もう私は堪《たま》らなくなり、話を続けることが出来なくなった。

無言で深く頷き、ノート型端末のキーボードを打って、相原は何かを記録している。その冷静な素振りが、余計に私を惨めな気持ちにさせた。

相原は、他のコーマワークセンターの職員のように白衣などは着ておらず、ハードロックのバンドのロゴが入ったTシャツにジーンズという、かなりラフな格好をしていた。首に職員用のＩＤカードをぶら下げていなかったら、何者かと思ってしまうところだ。

アクセサリーのようなものは何も身に付けておらず、美人ではあるが、良い意味でも悪い意味でも、女性としての色気のようなものとは無縁の雰囲気があった。

彼女は以前、この姿のまま、私にセンシングしてきたことがあった。

だから、彼女がこのカンファレンスルームに入ってきて、「はじめまして」と私に挨拶してきた時も、相原本人であることに私はすぐに気が付いた。

ずっと仲野泰子さんの姿を借りて私の意識の中にセンシングしていた、あの人だということを。

「沢野という編集者と、府川真希というアシスタントの女の子は、おそらく若かった頃の杉山氏と、淳美さん、あなた自身の姿を投影して作り上げられたフィロソフィカル・ゾンビなのだと思います」

何となく、そんな気はしていた。

真希ちゃんを売り出そうと熱心だった沢野の様子からは、若手だった頃の私を売り出そうとしていた杉山さんの熱意と同様のものが確かに感じられた。真希ちゃんが抜群に作画の技術に秀でていたのも、絵が下手だ、ネームはいいが作画がまずいと言われ続けた私のコンプレックスと願望の裏返しだろう。

実際、真希ちゃんは私とは真逆の理由でなかなかデビュー出来なかったわけだが、からかい半分の軽口で真希ちゃんを励まし続ける沢野の態度は、若い頃の杉山さんを思い出させるものがあった。

「あの、それじゃあ、杉山さんは……」

不安を感じながら私は言った。

「彼も、あなたの意識の中で生まれたフィロソフィカル・ゾンビの一人ですが、彼の場合は前出の二人とは違い、明らかなモデルとなった人物が実在しています」

私は少しだけほっとした。杉山さんまでが、この世に存在しない私の意識の中だけの登場人物だとは思いたくなかった。

「淳美さん、あなたが自殺未遂を起こす前に、担当をしていた杉山氏という編集者は実際に存在しています。治療のプロセスの一環として、私も先日、お会いしてきました」

　私は顔を上げた。

「会ったんですか。杉山さんと」

「あなたが意識を取り戻したと聞いて、とても驚いていましたよ。近いうちに、必ずお見舞いに行くと言ってました」

「そう……ですか」

「ただ、あなたの意識の中で育まれてきた杉山氏のイメージと、現実の杉山氏との間には、当然ですが、いくつかの乖離《かいり》があります。まず、あなたの意識の中にいた杉山氏は、少女漫画雑誌の編集からは退いて、文庫の編集の仕事をしていたようですが、実際の杉山氏は、淳美さんが自殺未遂を起こした後、順当に出世して雑誌の編集長を務め、今はコミック部門を統括する編集局の局長と、社の取締役を兼ねています」

「そんなことは、どうでもいいんです」

　思わず私は、そう口にしていた。

「奥様とはどうなったんですか。それから息子さんは……」

相原はまたキーボードを打ち、私の言葉を記録する。

「どうしてそんなことが気になるんですか」

「どうしてって……」

返事に困って私は言葉を濁した。

「奥様とは仲が良いようですし、お子さんは今年、大学に合格したそうです。絵に描いたような幸せなご家庭を維持継続中のご様子です。こんな答えでいいですか」

私の表情を観察するように、相原はじっと見つめてくる。

息子さんが大学受験ということは、私が意識障害に陥ってから、少なくとも十年以上が経過しているということだ。

杉山さんは、本当にお子さんを可愛がっていた。

小学校に入ったばかりで、サッカーが大好きで、男の子だからやんちゃすぎて困る。そう言って笑っていた杉山さんの顔が思い出された。

そうか。もう大学生なのか。私が眠っている間に、もうそんなに年月が流れたのか。

「淳美さん」

「ええ、わかっています」

相原が何を言おうとしているのか察し、私は頷いた。

「もういいんです。大丈夫ですよ」

私は相原に向かって笑ってみせた。今、私が抱えている大きな問題と喪失感に比《くら》べれば、どうってことのないことだ。

本当に、何だって私は、そんなつまらないことでワンルームマンションのベランダから飛び降りたりしたのだろう。

「杉山さんは悪くないんです。私と杉山さんの間にそういうことがあったのは、本当に一度きりで……」

相原は無言で頷く。

「あの、この話は……」

「大丈夫です。守秘義務があるので、淳美さんがお話しになったことは治療関係者以外の目や耳に触れることはありません」

「あれは……何の時だったかしら。私の作品が、大きな出版社の漫画賞を取ったことがあって……。編集部がお祝いに一席設けてくれたんですけど、気が付いたら、私と杉山さんは二人きりでタクシーに乗っていて……」

私は相原の顔を見た。特に表情も変えず、相原はノート型端末に記録を取りながら、先を促すように首を傾げてみせた。

「私は……私は、本当に杉山さんのことが好きだった。でも、杉山さんには、初めて会った時には、もう奥様もお子さんもいたし、杉山さんとは毎日のように、夜遅くまで私の自宅兼仕事場だったワンルームマンションで、二人きりで打ち合わせをしたりしていたけれど、仕事の話以外は殆どしたこともなかったから、きっと私は杉山さんの目には女として映っていないんだろうなと思っていた。私がこの気持ちを伝えたら、きっと杉山さんは迷惑する。もしかしたら、私の担当から降りてしまうかもしれない。そう思うと怖くて、私は何年も何年も、その気持ちを隠したまま、杉山さんと一緒に仕事をしてきました」

そこで言葉を一度切り、私は顔を上げると、大きく息を吸い込んで先を続けた。

「でも、その日は魔が差したというか、私も杉山さんも、お酒を飲んですごく酔っ払っていたから……。良かったら、酔い覚ましに私の部屋でコーヒーでも飲んでいきませんかって、私の方から誘ったんです。いつも打ち合わせで来ている気やすさで、杉山さんは、じゃあそうするよ、なんて言って私の部屋にやって来た」

「それで、その晩、杉山氏と関係を持ったんですね」

少し戸惑いながらも私は頷いた。杉山さんも、きっとそんなつもりは少しもないまま、私の部屋に来たのに違いない。

だから、私がワンルームマンションの玄関先で杉山さんに抱きついて唇を求めた時も、杉山さんは驚いて私を突き飛ばした。

私は杉山さんの唇を奪うことが出来ず、酔ってもいたので、みっともなく玄関先に尻餅をついてしまった。あまりにも自分が情けなく、惨めに思えて、私は床に座り込んだまま、大声を上げて泣き始めてしまった。

杉山さんはとても困った顔をしていた。私を置いて部屋から立ち去るか、様子のおかしい私を介抱するべきか、とても迷っているようだった。

どのような葛藤と計算が働いたのかはわからないが、結局、杉山さんは泣き続ける私を宥《なだ》め、落ち着かせることを選んだ。私を立たせてワンルームマンションの壁の一角に押し付けられたベッドにまで連れて行くと、私をその上に寝かせた。

私は恥ずかしさのあまり、ベッドに運ばれて行く間、私の唇を拒絶した杉山さんを、それほど多いとはいえない私の中のボギャブラリーを駆使して罵倒し続けた。

このまま私に恥をかかせるつもりなら、連載なんかやめてやるとまで叫んだ。

酔いに任せて、これまで私が、どれだけ杉山さんのことを思い続けてきたのかということを、悪罵まじりに訴え続けた。

杉山さんは辛抱強く私の話を聞いていたが、泥酔していた私は、やがて疲れて眠くなってきた。

そこからの記憶はとても曖昧で朦朧としているのだが、確かに私は、私の素肌を包み込む他者の肌の心地好い感触と、汗の匂いを感じた。酒で酩酊《めいてい》した不覚な意識の中で、私は杉山さんの名前を呼びながら、その体に必死になってしがみついていたのだ。

目を覚ましたのは、翌日のお昼過ぎだった。

私は全裸でベッドに仰向けに寝ており、ベッドの周囲には私の服や下着が散らばっていた。杉山さんの姿はなく、書き置きやメモのようなものすらなかった。

二日酔いでひどく痛む頭をやっとの思いで持ち上げると、私は裸のままトイレへと向かった。洋式の便器を抱え込むようにして何度も嘔吐《おうと》し、胃の中のものを洗いざらい吐いてしまうと、力が抜けてその場にへたり込んだ。

下腹部に鈍痛があった。私は自分のその部分に指を伸ばした。触れるとやはり痛みがあり、陰毛は乾いた粘液で内股に固く貼りついている。

ユニットバスのシャワーに手を伸ばし、洗い流してみると、それには生理の時のものとは違う血が混じっていた。排水口に流れて行く、淡く血の色がついたお湯を眺めながら、私は深い自己嫌悪に陥った。

私は最低だ。

次に杉山さんに会う時には、どんな顔をしたらいいんだろう。

以前と同じような関係を、維持することが果たして可能なのだろうか。

それから一週間ほどの間、杉山さんとの定期的な打ち合わせの日まで、私は悶々《もんもん》として過ごした。

杉山さんからも連絡はなく、日が経つにつれ、その夜にあったことは殆ど夢か幻か、そうでなければ私の妄想だったのではないかというくらいに実感が薄れてきた。

でも、いつもの喫茶店に現れた杉山さんは、何だかとても態度がよそよそしくて、それまでは一度も「先生」なんて呼んだことなかったくせに、私のことを「和先生」と呼んだ。

そのことに、私は深く傷ついた。

もう杉山さんとは、以前のように接することは不可能なのだと察した。

寂しかったが、自業自得なのだと思った。

私は杉山さんを求めてはいけなかったのだ。

「あれは、なかったことにしましょう」

次号の内容の打ち合わせが終わった後、私の方から切り出した。

杉山さんは、一瞬、ハッとしたような表情を見せたが、やがて神妙な顔付きになると、喫茶店のテーブルに手をついて、深々と私に向かって頭を下げ、ただ一言、「すまない」とだけ言うと、その場を去った。

それからすぐに、偶然なのか、それとも杉山さんが希望したのか、編集部内で異動があり、私の担当が変わった。

仕方なかったのだと思い、私は淡々と仕事を続けようと思ったが、すぐに行き詰まってしまった。その作品は、私と杉山さんの二人で企画を練り、連載が決まってからも、ずっと二人三脚でストーリー展開やキャラクターを考えてきた。いわば二人でつくった子供のようなもので、その子供を、私と杉山さんは、二人で大事に育ててきたのだ。

父親を失った作品は迷走を始め、物語は停滞して勢いを失った。

テレビでのアニメ放送が始まり、そちらは好調だったのにも拘わらず、本誌の連載の方は読者アンケートでの人気投票も振るわなくなり、杉山さんが担当だった頃には常に三位以内をキープしていたものが、真ん中あたりをうろうろするようになった。

私は明らかなスランプに陥り、とうとう原稿を落とすようになった。

あの連載は、全部杉山がネームを切っていたのだと、編集部員や他の作家が陰口を叩いているというのを人づてに聞き、ますます私は鬱に陥った。

気持ちを一新するために、私は母と一緒に暮らす家を新築しようと考えた。

私の憧れの家は、鉄筋コンクリートの打ちっ放しで、半地下になった広い仕事場には、外からたくさんの自然光を得るための、淡い青色をしたガラスブロックの壁があり、プライベートな空間とは、二世帯住宅のようにきちんと仕切られている。そんな家だった。

だが、何度も設計士と打ち合わせ、図面が上がって来た頃に、母は直腸がんを発症し、私を残してあっさりと他界してしまった。

私は放心し、買っていた土地も手放して、家を建てる計画を中止した。

そして、家賃の安い阿佐ケ谷のワンルームマンションに住み続けた。

杉山さんと、あんなことがあった同じ部屋に。

仕事が忙しくて引っ越しなんかしている暇もなかったし、家を建ててから、何もかもリセットするつもりでいたのだ。

私はこの世に一人きりになった。

弟は幼い頃に亡くし、父とは別れ、母までが私の元から去った。

そして私はもう一人、大切な人を失っていた。

杉山さんではない。

私が岬と名付けた女の子だ。

「ねえ、相原先生」

顔を上げ、私は相原を見た。

「先生、何か言いかけてましたよね」

「何をです」

ノート型端末の画面に見入っていた相原が、私を見る。

「先生が仲野泰子さんの姿で私の意識にセンシングしていた時、先生、銃で撃たれて死んだじゃないですか。その少し前……」

「ああ」

相原は頷いた。私が何を言わんとしているのかわかったらしい。

「あなたの意識の中にいた岬という少女と、木内一雄という少年が、何者だったのかという話ですね」

「ええ」

私は頷いた。

「岬というのは、確か、淳美さんが描いていた漫画の主人公と、同じ名前ですよね」

私が杉山さんと一緒に生み出した、あの『ルクソール』という作品。

実際には、私が自殺未遂を起こした後、打ち切りになってしまったらしいが。

「あの女の子は、母親が漫画の主人公から名前を付けたって言ってました」

私がそう言うと、相原はノート型端末の画面を見たまま眉間に皺を寄せ、腕組みして考え込んでしまった。どうやら相原は、岬という少女が何者なのか、まったく見当がつかないらしい。

「あの岬という少女については今も謎ですが、木内一雄という少年については、一つだけ気が付いたことがあります」

「何ですか」

「アナグラムになっているんですよ」

相原はノート型端末の傍らに置かれているクリップボードを手に取ると、挟まれているレポート用紙に、ボールペンで何かサラサラと文字を書いた。

「キウチカズオという名前を、一度アルファベットに分解して……」

相原はクリップボードを私に向けた。

そこには、

『KIUCHI　KAZUO』

『KAZU KOUICHI』

と書かれていた。

「並べ直すと、カズコウイチになるんですよ」

「じゃあ、あの時、岬ちゃんと一緒にいたのは……」

「わかりません。アナグラムはただの偶然かもしれません」

相原は肩を竦めた。

「ねえ、相原先生」

「何です」

「正直、私は今のこの状態すら現実かどうか確信出来ないんです」

「センシング経験のある患者で、長い意識障害の状態から回復した人は、皆、同じような気持ちを訴えます。大丈夫。少しずつ慣れてきますよ。現実にね」

「そういう先生は、これが現実だと確信出来ているんですか」

「え……何を」

「私も、ついこの間までは確信して疑っていませんでした。自分の身の回りにあるものや、親しい人たちが、現実に存在しているということを」

「そうですか」

「前に、コーマワークセンターの地下の食堂に誘ってくれたことがありましたよね。もちろん、SCインターフェースでのセンシングを通じてだから、私の意識の中でということですけど」

「ええ」

「私が、変だなって思い始めたのは、あの時からなんです。あの時、相原先生は、『患者さんを食事に誘うのなんて初めてだ』って、私に向かって言ったんです。『患者さんの身内』ではなくて……」

「不注意でしたね。気が付きませんでした」

相原は、少し驚いたような顔をして言った。

「でも……」

「でも？」

「あの時に言った、あなたの漫画のファンだったたっていうのは、本当なんですよ」

そう言って相原は笑った。

相原とのアフターセッションを終えた私は、許可を得てコーマワークセンターの外へ出た。

コーマワークセンターの入院棟で、意識障害から目覚めてから、もう十日ほどが経つが、このところは毎日、午後から外出して、センター前の砂浜を散歩するのが日課になっている。

十一月に入り、寒さを増した平日の西湘の海には、サーファーの姿すらなく、人気のない海岸には、波に打ち寄せられた黒い海藻や、ペットボトルや発泡スチロールのゴミなどが点在している。

殆どスキンヘッドに近い頭をニット帽で隠し、寝間着にダウンジャケットを羽織っただけの軽装で、私は少し風の出始めた砂浜を歩いた。

サングラス姿でジョギングしている女の人。

犬を連れて散歩中の白髪の男性。

何をするでもなくぶらぶらと歩いている、あまり若いとはいえないカップル。

どこかで見たことのあるような風景だったが、いくら探しても金属探知機を手に砂浜を行き交う少年の姿も、レジャーシートの上に座って足の爪を切っている女の子の姿も見つけることは出来なかった。

私は砂浜の適当な場所を選び、服が砂で汚れるのも構わずに腰掛けた。

よく晴れていて、太陽の光で銀色に輝いた雲が、まるで寺院の天井に描かれたフレスコ画のように空を覆っている。

湾曲した砂浜に沿って、国道が緩やかにカーブしながら、ずっと向こうまで続いている。

空の明るさに較べると、冬の西湘の海の色は澱《よど》んでいて暗かった。

波が高くうねっていて、私の知っている、あの島のサンゴ礁の磯浜と、鮮やかな青い海の風景とは、同じ海でも、大分、様相が異なっていた。

折り曲げた膝を抱え、私はじっと暗い海を眺めた。

私は岬のことを考えていた。フィロソフィカル・ゾンビでもなければ外部から侵入した……相原の言葉を借りれば《憑依《ポゼッション》》した何者かでもない彼女の存在に、相原は大きな関心を示していた。

色々と質問してくる相原に、私はわからないと答え続けた。これから先も、彼女が何者で、何故、私の意識の中に存在しているのかは、誰にも言わないつもりだ。

これは、杉山さんすらも知らないことなのだ。

杉山さんと、あんなことがあってから二か月ほどが過ぎた頃、私は体に不調を感じ、婦人科を受診した。

元々、生理は重い方だったし、受診する数日前からあった腹部の鈍痛も、いつもの生理前のものであろうと思い、あまり深くも考えずに仕事の忙しさに追われて放っておいた。

締め切りの過ぎた原稿を、無理な徹夜をして仕上げたその日、下腹部の激痛と不正出血があった。自力でタクシーを呼んで病院へ行き、いろいろと検査した結果、私は初めて自分が妊娠していたことを知り、過度のストレスにより自然流産してしまったことを医者から告げられた。

それは間違いなく杉山さんの子供だった。

何しろ私は杉山さんが初めての男性だったし、杉山さん以外の男性とは、今に至るまで一度も関係を持ったことがない。要するに、私は殆ど記憶もない、あの日の一回きりしかセックスの経験がないのだ。

医者は、お薬を出しておきますからもう心配はありませんよ、などと、まるで風邪を引いた患者にでも言うように私に言った。

何の実感も湧かないまま、私は薬局で薬を受け取り、家に帰った。

お腹はまだ痛かったが、薬を飲んだら少し和らいだ。

その頃の私は、いつも目先の締め切りに追われていたから、すぐに次の仕事に取り掛からなければならなかった。

仕上がった原稿をバイク便で編集部に送り、アシスタントたちが帰って一人ぼっちになってから、私はゆっくりと、生まれてこなかった我が子のために泣いた。

私はその子に、漫画の主人公と同じ、岬という名前を付けた。

きっと女の子だったに違いない。何の根拠もなかったが、私はそう思った。

子供に名前を付けたことどころか、妊娠していたことも、自然流産したことも、私は誰にも話していない。だから、コーマワークセンターの前の砂浜で、あの女の子が岬と名乗ったのは、偶然でもなければ、誰かが作為的に仕組んだシナリオでもないだろう。

岬ちゃんは、とても痩せていて線が細く、髪の毛も短くて、まるで少年のような女の子だった。彼女に会った時、ふと懐かしい気持ちがして、自分の若い頃にそっくりだと思ったが、岬ちゃんが私に似ていたのには理由があったのだ。

彼女が生まれていたなら、きっとそのくらいの大きさに成長していたに違いない。

そういえば、浩市を名乗っていた仲野由多加くんは、私の意識の中での相原との会話で、こんなことを言っていた。

人の死とは、その人を覚えている人が誰もいなくなった時に完成するのだと。

岬という女の子を知っているのは、この世で私一人だけだ。

だから、私が生きている限り、岬の魂は、いつも私とともにある。

私は指先で砂を掻き、穴を掘った。

コーマワークセンターを退院したら、きっとどこかで真鍮製のプレシオサウルスの模型を探してきて、この砂浜に埋めに来よう。そう思った。

時空か観念か、とにかく何かは知らないが、そんなものは飛び越えて、その首長竜の模型を、岬か、それとも浩市か、または私の愛した誰かが砂の中から見つけ出す。

そんな奇跡を私は願った。


暫くの間、海を眺めた後、私は立ち上がり、とぼとぼと砂の上を歩いてコーマワークセンターへと戻った。

ロビーは相変わらず人気がなく、神殿を思わせる大きなコンクリート製の円柱が、高い天井を支えている。

私はIDカードを差し込んでエレベーターを呼ぶと、それに乗った。

途中の階で乗り込んできた女の姿を見て、私は絶望的な気分に陥った。

——ああ、神よ。

白衣姿の武本は、私の隣に立つと、一緒に階数を示すランプを見上げながら口を開いた。

「先生、あの色紙のイラスト、アシスタントに描かせたでしょう」

尖った口調で武本が言う。

「誤魔化そうとしたって、すぐにわかるんですから！　ひどいじゃないですか！」

「うるさい」

私は、やっとの思いでそれだけ呟いた。

「え？」

「うるさいって言ってるのよ」

エレベーターが目的の階に止まり、私は廊下を歩き出した。

背後で、幻滅だとか何とか喚き散らしている武本の声が聞こえたが、私は振り向く気にもならなかった。

入院棟の自分の部屋の前に立つと、ＩＤカードを使って解錠し、中に入った。

シングルベッドと、その脇の小さなテーブル以外は、殆ど何もない部屋だった。

窓の外には、西湘の海の風景が広がっており、色とりどりのウィンドサーフィンのセイルが揺れているのが見えた。

誰のプレゼントかは知らないが、ベッドの白いシーツの真ん中に、オルトギース自動拳銃が置いてあった。

私はそれを手にし、弾倉を引き抜き、中に弾が入っているのを確認すると、再びそれを差し込んだ。

そしてベッドに腰掛けると、銃身をスライドさせ、撃鉄を上げた。

本作品は、二〇一一年一月に小社より単行本として刊行されたものです。

この物語はフィクションです。もし同一の名称があった場合も、実在する人物、団体等とは一切関係ありません。

〈解説〉まったく意見の合わない四人が満場一致した傑作！

大森　望（翻訳家・書評家）

語り手は、人気少女漫画家の和淳美《かずあつみ》。物語は彼女の回想で幕を開ける。〝私〟は、子供の頃、母親の親戚が住む奄美《あまみ》諸島の島を家族で訪ねたことがあった。記憶に焼きついているのは、サンゴ礁におおわれた遠浅の海で魚を捕って遊んだこと。伯父が磯浜の潮だまりに魚毒（稀釈《きしゃく》した青酸カリ）を流し、弱って浮いてきた魚を子供たちが捕まえる。毒を流した潮だまりには、ここは危険だと知らせるためか、目印に、赤い布を括《くく》り付けた竹《たけ》竿《ざお》を立てて置く決まりだった……。

コバルトブルーの海を背景に立つ竹竿と、先端の赤い布――この印象的なイメージが何度もくりかえし登場し、小説全体を縫う縦糸の役割を果たす。子供時代の記憶と、少女漫画家としての成功を手に入れた現在。自殺未遂で昏睡《こんすい》状態に陥った弟との奇妙な対話と、連載打ち切りになった漫画『ルクソール』の後始末が待つ日常。

事件らしい事件は、しばらくなにも起こらない。これはいったいどういう小説なんだろうと読み進むうち、読者は変幻自在の語りにからめとられて、過去と現在、夢と現実が渾然《こんぜん》一体となった物語の迷宮に迷い込んでゆく。

あらためて紹介すると、本書『完全な首長竜の日』は、第九回『このミステリーがすごい!』大賞の大賞を受賞し、二〇一一年一月に単行本として刊行された。二〇〇二年にスタートしたこの新人賞は、二〇一一年で十回を数え、すでに(大賞・優秀賞・隠し玉など含め)三十作以上を送り出してきたが、山ほどミステリーを読んでいる書評家が選考委員だけに、選考会はたいてい大揉めに揉める。大賞受賞作が満場一致ですんなり決まったことは、過去十回のうち、三回しかない。その三回の〝文句なし〟の大賞受賞作が、浅倉卓弥《あさくらたくや》『四日間の奇蹟』と東山彰良《ひがしやまあきら》『逃亡作法』(第一回)、海堂尊《かいどうたける》『チーム・バチスタの栄光』(第四回)、そして本書、乾緑郎《いぬいろくろう》『完全なる首長竜の日』(第九回)なのである。日ごろまったく意見の合わない四人が一致して推したというだけでも、本書のすばらしさは保証されている。論より証拠、まずはこの回の選評の一部を抜粋してお目に掛けよう。

〈乾緑郎『完全なる首長竜の日』は南西《なんせい》諸島のある島をめぐるヒロインの回顧譚《たん》からして著者の並々ならぬ筆力がうかがえる。(中略)サリンジャーの著名作品とパラレルになったテーマ設定も充分魅力的〉(香山《かやま》二三郎《ふみろう》)

〈冒頭からして素晴らしい。「《猫家》は、『みゃんか』と読む」に連なる短い文章だけで、作者の並々ならぬ才能が伝わってきた。主人公の母親の実家である猫家という屋号の由来が奇妙な現実味に溢《あふ》れ、たかだか原稿用紙十枚足らずの分量であるにもかかわらず、南西諸島の小さな島の情景からそこに暮らす人々の歴史までが、鮮やかに浮かんできた。しかもこの、微睡《まどろ》みのなかの回想は、弟が海で溺れる部分を中心に物語のなかで何度もリフレインされ、主題と有機的に結びついていく。主題は「胡蝶の夢」だ。そこに昏睡状態の人間と対話できるSF的ツールを取り入れることによって、作者はこれまでにない斬新な物語を構築することに成功している。（中略）奔放な発想力と類い稀《まれ》な独創性、堅牢《けんろう》なプロットと瑞々《みずみず》しい文章力——新人賞応募作に求められる全てが、ここにある〉（茶木《ちゃき》則雄《のりお》）

〈個人的にはとても楽な選考だった。乾緑郎『完全なる首長竜の日』が質も内容も群を抜いて優れていたからだ。第一線で活躍しているプロ作家と比べても遜色がないほど細部までよく描かれており、選考を忘れ、単なる一読者として楽しませてもらったほどだ。（中略）過去の回想、昏睡状態で入院している弟へ面会に訪れる場面など、徐々にヒロインが抱える秘密が明かされていく展開は、それだけで静かなサスペンスを感じさせられた。いわゆる犯人探しのミステリではないものの、背後に隠された謎の暗示力、もしくは、これからどのように真相が暴露されていくのかという興味の牽引力がものすごく強いのだ。文章や会話など、基本的な小説を形作る部分も達者。文句のつけようもない〉（吉野《よしの》仁《じん》）

〈〝昏睡状態に陥った患者とコミュニケートするための新しいインターフェース〟というSF設定は（「インセプション」以上に）リアルだし、中堅の少女漫画家であるヒロインの日常をしっかり（たいへん面白く）描くことで、ウソっぽさを感じさせない。思えばディックも、ありふれた日常描写が抜群にうまく、だからこそ、現実の皮がべりべりとめくれる感覚がめちゃくちゃリアルに伝わってくるわけだ。その意味でも、『完全なる首長竜の日』はま

さにＰＫＤサスペンスの正嫡。この小説がセンセーションを巻き起こす日が楽しみだ〉（大《おお》森望《もりのぞみ》）

引用が長くなったが、これを読めば、選考委員の興奮ぶりがわかっていただけるのではないか。選評でここまで絶賛を集めた作品も、『チーム・バチスタの栄光』以来。このうえ誉め言葉を連ねるのもかえって興醒《きょうざ》めになりそうなので、かわりに補足情報をいくつか。

茶木則雄氏の選評にもあるとおり、本書のメインテーマは〝胡蝶の夢〟。この主題は、ホルへ・ルイス・ボルへスの名作短編『円環の廃墟』から、恩田《おんだ》陸《りく》の最新作『夢違《ゆめちがい》』まで、無数の小説に書かれてきた。アニメなら押井《おしい》守《まもる》監督の『うる星やつら2　ビューティフル・ドリーマー』や、筒井《つつい》康隆《やすたか》の原作を故・今敏《こんさとし》が映画化した『パプリカ』、ハリウッド映画なら『ザ・セル』『インセプション』……と枚挙にいとまがないが、本書に直接影響を与えたのは、Ｐ・Ｋ・ディックのＳＦ長編『ユービック』だったという。こちらは昏睡状態の患者とではなく、装置を介して死者とコミュニケートできるという設定。装置を使って他人の意識に潜る話としては、小松左京《こまつさきょう》『ゴルディアスの結び目』が名高い。それにインスパイアされたのが、夢枕獏《ゆめまくらばく》の《サイコダイバー》シリーズや、日本ＳＦ大賞を受賞した萩尾望都《はぎおもと》の漫画『バルバラ異界』。津原泰水《つはらやすみ》『バレエ・メカニック』は昏睡状態にある少女の意識が現実に影響を与えるという設定で、夢と現実の相互侵犯は、『バルバラ異界』や『夢違』、あるいは中井《なかい》拓志《たくし》『獣の夢』『ワン・ドリーム』などともつながる。夢から覚めたらまた夢というモチーフも、ホラー映画の『エルム街の悪夢』はじめ、いろんな媒体で再利用されている。〝夢と現実〟というテーマは、エンターテインメントの中でもひとつのサブジャンルを築いているわけだが、それら過去の名作群とくらべても、『完全なる首長竜の日』が持つ強烈な個性とリアリティはひときわ輝いている。

作中でも触れられるとおり、奇妙な題名は、『ナイン・ストーリーズ』（新潮文庫ほか）に収められているサリンジャーの短編、〝A Perfect Day for Bananafish〟が下敷き（「バナナフィッシュにうってつけの日」「バナナ魚日和」「バナナフィッシュに最適な日」などの訳題がある）。題名を借りただけなく、結末のピストル自殺のモチーフも本書に引用されている。こちらの首長竜（plesiosaur）は、赤い布と同様、淳美の子供時代の記憶から引き出されたアイテム。本書の中では、それが映画『市民ケーン』のスノードームや『ブレードランナー』のユニコーンのような役割を果たしている。

その首長竜やサリンジャーの短編に限らず、魚毒を流した潮だまり、船腹をハンマーで叩《たた》いてさび落としをするカンカン虫（作業員）たち、脳に電極を埋め込んで電流を流すスティモシーバー、ルネ・マグリットの風景画『光の帝国』、浜辺のトレジャーハンティングなどなど、無数の印象的なイメージの断片をジグソーパズルのように——いやむしろ、寄木細工のように——緻密に組み合せて完成したからくり箱が、本書、『完全なる首長竜の日』なのである。

著者の乾緑郎は、一九七一年、東京都目黒区生まれ。〝緑郎〟という筆名は、『バンパイヤ』をはじめとする手塚漫画多数に登場するキャラクター、間久部《まくべ》緑郎《ろくろう》（ロック・ホーム）に由来するとか。鍼灸《しんきゅう》師として働くかたわら、劇作家としても活動。二〇〇八年には、『SOLITUDE』で第一四回劇作家協会新人戯曲賞最終候補。

二〇〇九年六月には、戯曲『LUXOR』が、劇団SPIRAL MOONによって下北沢の「劇」小劇場で五日間にわたって公演されている（演出・秋葉《あきば》舞滝子《まさこ》）。勘のいい人ならピンと来るかもしれないが、『LUXOR』という題名は、本書に出てくる和淳美の代表作と同じ。劇団の公式アカウントからYouTubeにアップロードされている舞台『LUXOR』のダイジェスト映像（一分四二秒）を見ればわかるとおり、この芝居が本書の原型になっている。もっとも、戯曲と小説とでは組み立てかたがまったく違うので、単純に自作の戯曲を小説化したものではない。劇作家として培ったイメージ喚起力に、新人離れした文章力やストーリーテリングが合わさって、小説『完全なる首長竜の日』が誕生した。ここ数年の純文学界では松尾《まつお》スズキ、本谷《もとや》有希子《ゆきこ》、前田《まえだ》司郎《しろう》、岡田《おかだ》利規《としき》、戌井《いぬい》昭人《あきと》など、演劇畑の作家の活躍が目覚ましいが、乾緑郎は本書をひっさげてエンターテインメント界に殴り込みをかけた格好だ。

一方、二〇一〇年八月には、『忍び外伝』（応募時タイトル「忍法煙之末」）で、第二回朝日時代小説大賞を受賞。こちらのほうも、選考委員（故・児玉《こだま》清《きよし》、縄田《なわた》一男《かずお》、山本《やまもと》一力《いちりき》の三氏）が満場一致で推して、すんなりと受賞が決まった。果心居士《かしんこじ》や百地《ももち》三太夫《さんだゆう》が活躍する、風太郎忍法帖ばりの伝奇時代劇だが、妖術による（一種の）現実改変のようなモチーフが登場するところが乾緑郎らしい。作家・乾緑郎のデビュー作となった『忍び外伝』は、同年十一月の発売直後から増刷を重ね、二〇一一年十月には、忍者小説第二弾にあたる『忍び秘伝』も刊行されている。『秘伝』の主人公は、歩き巫女（くノ一）として鍛錬を積む少女・小梅《こうめ》。戦国期の甲州を舞台に、信玄が天下統一のために追い求めた、超絶的な破壊力を持つ禍《まが》つ神《かみ》「御左口神《みしゃぐちしん》」をめぐる壮大なドラマが幕を開ける。

そして、朝日時代小説大賞受賞から二カ月後の二〇一〇年十月には、本書で第九回『このミステリーがすごい！』大賞を受賞。ルーキー・イヤーの年間獲得賞金は、二百万＋千二百万で、総額千四百万円に達した。乾緑郎は、デビュー戦でいきなり二打席連続ホームランを放った、エンタメ界期待の大型新人なのである。

宝島社で準備中の次回作は、廃墟となった温泉街の高台に建つホテルを舞台にしたサスペンスだという。こちらは本書に続く現代もの。次はどんな手で驚かせてくれるのか、楽しみに待ちたい。

二〇一一年十一月

宝島社
文庫

完全なる首長竜の日
(かんぜんなるくびながりゅうのひ)

2012年1月27日　第1刷発行
2013年1月23日　第5刷発行

著　者　乾 緑郎
発行人　蓮見清一
発行所　株式会社 宝島社
〒102-8388　東京都千代田区一番町25番地
電話：営業 03(3234)4621／編集 03(3239)0599
http://tkj.jp
振替：00170-1-170829（株）宝島社
印刷・製本　中央精版印刷株式会社

First published 2011 by Takarajimasha, Inc.
ISBN 978-4-7966-8787-4

重版出来!

本がいちばん!
宝島社文庫

定価: 本体657円 +税

保健室の先生は迷探偵!?

篠《しの》原《はら》昌《まさ》裕《ひろ》

校内の事件は保健室の先生におまかせ♥

私立高校・山瀬学園で悪質ないたずら事件が発生した。教師の惨殺死体を描いた「殺人画」が、何者かによって廊下に飾られたのだ。養護教諭の遥と美術教諭の椎名は、校長からの命令で犯人捜しをすることに。やがて第2の「殺人画」が飾られ、事件は思わぬ展開をたどる——。

『このミス』大賞期待の"隠し玉"作家が続々デビュー!

重版出来!

本がいちばん!
宝島社文庫

定価: 本体648円 +税

公開処刑人
森のくまさん

堀《ほり》内《うち》公《こう》太《た》郎《ろう》

童謡を歌いながら、アイツがやって来る!

公開処刑人「森のくまさん」。犯行声明をネットに公表する連続殺人鬼だ。殺されるのはレイプ常習犯やいじめを助長する鬼畜教師などの悪党ばかり。ネットには犯人を支持する者まで出始めていた。一方、いじめを苦に自殺を図ろうとした女子高生の前に、謎の男が現れ……。

宝島社　お求めはお近くの書店、インターネットで。